T0278406

En las manos,
el paraíso quema

Pol Guasch

En las manos,
el paraíso quema

Traducción de Carlos Mayor

EDITORIAL ANAGRAMA

BARCELONA

Título de la edición original:
Ofert a les mans, el paradís crema
Anagrama
Barcelona, 2024

La traducción de esta obra ha contado con una ayuda del

 institut
ramon llull

*Esta obra se ha escrito en parte en Santa Maddalena Foundation (la Toscana)
y en la Residencia Literaria Finestres (Palamós).*

Ilustración: «Scène d'été», Frédéric Bazille (1869-1870)

Primera edición: junio 2024

Diseño de la colección: Julio Vivas y Estudio A

ISBN: 978-84-339-2438-4
Depósito legal: B. 3128-2024

Printed in Spain

Romanyà Valls, S. A.
Verdaguer, 1, 08786 Capellades (Barcelona)

Ofrecido en la palma de la mano
el paraíso – ¡no lo cojas!, ¡quema!

MARINA TSVIETÁIEVA

Todas las vidas empiezan antes de nacer: está una madre que repasa la lista de nombres al ir a acostarse, indecisa, o un padre que se imagina el rostro ausente de la criatura que todavía no existe. Está el deseo de muchos años que se marchita en silencio o el ritmo frenético del arrepentimiento que se aferra al corazón. Está la paz que se paga cara tras callar mucho tiempo o una habitación a oscuras que pide ser habitada. Está la espera que tiene que acabar de una vez por todas con esa soledad insoportable o el miedo a una nueva presencia que llegará para desordenarlo todo. Sea como sea, todas las vidas empiezan antes de nacer.

Me habría gustado pensar lo mismo de la mía, pero estoy convencido de que mi cuerpo minúsculo, acurrucado en una esquina oscura del vientre de mi madre, era incapaz de despertar ningún sentimiento. Ha tenido que pasar toda una vida, veinticuatro años brevísimos, una vida veloz como un cometa raudo, para poder decirlo sin dolor. Me pregunto por el tiempo en que estuve enfermo sin saberlo y por cómo la vida sigue navegando tranquilamente cuando se obvia la tristeza. De eso trata, también, mi historia: del tiempo. Del tiempo que no vuelve, porque el tiempo nunca vuelve. Y también del miedo, porque un día te da miedo una cosa y al día siguiente te da miedo todo. Y seguramente esta historia mía sirve para explicar que, cuando alguien se te acerca y te dice que no crezcas tan rápido, que el vigor y la belleza desaparecen muy deprisa, cuando alguien se te acerca y te dice eso, debes saber que tiene razón.

Es de noche. La gente que he amado duerme. Puede que Rita no y, apoyada en la ventana del piso de la ciudad, trate de convencerse de que ningún ruido rompe el equilibrio del mundo. Desde allí, ve a personas que no conoce. Alguien que vuelve a casa después de un día demasiado largo y mira al cielo antes de abrir la puerta, como pidiendo un deseo. La negrura lo aturde ligeramente. O alguien que reconoce la lámpara encendida del cuarto de Rita y durante un segundo cruzan la mirada, desde lejos, observándose extrañados. Todo esto para decir que somos porque los demás nos recuerdan: quizá, seguramente, Rita piensa en mí, en lo que hicimos, mientras mira desde la ventana en esta noche cerrada.

Líton era mi nombre. Veinticuatro era la edad. Pino prensado sin barnizar era la madera del ataúd. Calor infernal era el tiempo. Calcinado, el paisaje. Y lo demás se alarga muchísimo, porque las historias siempre son largas, aunque una vida no haya fracasado ni haya triunfado, como la mía, aunque una vida sea un pedazo de espacio y muchas horas juntas y nada más. Ahora intento separarme del tiempo. Hablo de los cuatro pilares que construyen esta historia como si no los hubiera levantado yo. No vendrá ningún otro reino que no esté ya en la Tierra. El olvido es una parte del cuerpo que todavía no has utilizado. Quizá por eso creo que es demasiado pronto para empezar a hablar de los que he amado como de un recuerdo. Aun así, no dejo de imaginarme qué dirán los vivos de mí: las personas que me querían; las personas que no sabían quién era, que no sabían nada de mí, que solo intuían una sombra que llegaba y se iba del pueblo, una sombra de niño que acababa de hacerse un hombre acoplándose al paisaje, como el eco de una voz perdida en la infinidad del valle, de un pueblo al que todo el mundo llamaba pueblo y nada más: es fácil olvidarse de un lugar que no tiene nombre.

Yo no era del pueblo. Era de la ciudad. La ciudad, tres valles más allá. Al pueblo llegué porque mis padres se compraron una casa. Era lo que hacía la gente de la ciudad que tenía dinero para comprarse una casa, decía ¡el pueblo, el pueblo!, como quien dice ¡despertadme de la pesadilla del olvido! Pero hacía tiempo que no llovía, muchos años, y la tierra resquebrajada tenía más sed que cien perros que han ladrado toda la noche. Donde no hay agua no hay nada. Iba los fines de semana. Eso fue después del Servicio y antes de los incendios. El tren me dejaba en la estación, subía dando un rodeo hasta que por el horizonte asomaban los primeros tejados y la montaña gris los coronaba. El aire caliente silbaba paseándose por las calles. El sol me señalaba. Donde no hay agua luego hay fuego, pero de eso todo el mundo se olvida. Me habría gustado pensar que no se trataba de un pueblo recogido en un rincón abandonado del tiempo: ahora trato de imaginarme un pedazo de luna en el cielo solo para creerme que todavía queda un poco de luz que se tiende sobre él.

Rita vivía en la Colonia. La Colonia era un puñado de casas situado en lo alto de la montaña, casas blancas que la mina había vuelto grises, aferradas al suelo como si fueran roca madre, escalando la cresta riscosa y desafiando al pai-

11

saje. Allí vivían los mineros con sus familias. Allí vivía gente mayor, gente cansada. Allí vivían las viejas, puestas en fila delante de la puerta buscando la sombra, reunidas en el lavadero charlando durante horas, hablando de la Colonia y de los jóvenes y de la vida, que a menudo se hace demasiado larga. Desde allí, el pueblo resplandecía más abajo como un espejismo. Con la distancia y el tiempo, las cosas parecen bonitas, pero no lo son, y la gente de la Colonia decía ¡el pueblo, el pueblo!, como quien dice ¡devolvedme mi pedazo de historia!

Conocí a Rita cuando su historia ya se había trenzado, para siempre, con aquel maldito palmo de tierra. El dolor de la soledad es un dolor muy particular; lo supe cuando la conocí y lo supe, sobre todo, porque al verla descubrí que su dolor salvaje también era el mío. Nos hicimos amigos. Eso quiere decir que durante un tiempo intentamos hacer de la euforia el camuflaje de la tristeza y nos salió bien. Cuando estás triste y quieres desaparecer, no eres tú quien quiere morir, es el tú que eras antes. Y, de repente, con el otro al lado, queríamos desaparecer un poco menos: nos convencimos de que esa era la promesa de la amistad.

De los mejores sueños y de las peores pesadillas no recuerdas nada, al levantarte, solo la memoria del cuerpo que se revolvía de una forma concreta durante la noche. Así era yo con Rita, cuando Rita estaba conmigo, como en la peor pesadilla o en el mejor de los sueños. Es verdad que ella llevaba consigo sus historias y yo las mías, que nos convencimos de que podíamos comportarnos como si no existieran y eso ya no sé si nos salió tan bien. Pero lo intentamos. Y a veces intentarlo es casi como conseguirlo. Créeme. No nos decíamos la palabra Colonia del mismo modo que no nos decíamos la palabra padre, la palabra infancia, la palabra futuro. Esas eran palabras que habíamos pactado no decirnos. Y no nos las decíamos.

El Servicio llegó antes. Antes del pueblo y antes de conocer a Rita y, claro, antes de los incendios. Ahora podría decir: antes de todo, porque el amor dibuja una línea de inicio y una de final en las cosas que no tienen importancia, que es casi todo lo que nos pasa. Entonces un día llega el amor y ya solo puedes decir: antes de todo, antes de todo eso. O después, después de todo eso. Y todo eso es el amor. También me digo que es una locura hablar del Servicio y del amor como de una sola cosa, pero las historias, y esta también, tienen un reverso oculto y lo imprevisto te espera, feroz, detrás de cada esquina. También resulta que del amor puedes decir pocas cosas, cuando estás dentro, porque todo se nubla con el velo de la emoción, y pocas cosas, cuando sales, porque todo se nubla con el velo de la tristeza. Y, al final, uno acaba por no decir nada. Y puede que sea mejor. Seguramente es mejor. Mientras tanto, conservo su nombre: René.

De los incendios también es difícil hablar. Deja que tus sentidos vaguen tanto como el pensamiento: tus ojos ven sin mirar. Es el fuego. Tú no lo buscas, él te encuentra. La memoria de los incendios es más antigua que la nuestra y siempre cuesta aceptar que hay cosas que empezaron antes que nosotros y que también seguirán después de nosotros. Los incendios no hacen daño porque lo destruyan todo, sino porque nunca destruyen lo suficiente. Cuando llega el fuego, uno querría que se llevara también el dolor, los recuerdos y la infancia; uno querría que todo eso se fuera con el fuego, pero la verdad es que no se va.

Nadie quiere quedarse por el camino. Empezaron a entrarme ganas de hacer cosas cuando me enteré de que ya no tenía tiempo de hacerlas. Así somos. Es más fácil combatir al enemigo cuando el enemigo tiene un nombre y yo tuve que acogerlo dentro de mí sin poder darle la bienvenida. Me habría gustado romper el silencio y que nunca me enterraran, que mi cuerpo señalara los destrozos del tiempo y lo que intentaban ocultar de mí: un ataúd abierto y en la frente escrito que morí de silencio, que el diagnóstico fue el silencio, que la causa de la muerte fue el silencio, que lo que me esperaba después era el silencio. O que se levantara alguien durante la ceremonia y preguntara de qué me había muerto, con quién me acostaba, por dónde rondaba de noche, en la ciudad, cuando no sabía qué hacer, buscando desesperado un poco de amor, como las luces temblorosas de las farolas al oscurecer. Ahora me quedo aquí, esperando escuchar mi nombre, esperando a que alguien diga en voz alta, en algún momento, que este espectáculo ha sido de verdad, que esta ha sido mi forma de irme.

Cuando estás enfermo no dejas de preguntarte qué sentido tiene tu enfermedad. Quiero decir: si ha llegado para hacerte mejor, si se trata de ser como los demás, si te toca aprender a absorber la paz de los sitios o bien si esa cosa pequeña que se te ha formado en la garganta desde que sabes que no puedes curarte podrás tragártela algún día. Pero yo solo tenía las palabras que habían repetido sobre lo que se me deslizaba por dentro como si por dentro solo se me deslizaran palabras. Como si mi enfermedad fueran las palabras de los demás. Sus historias.

Y es que había crecido con las historias que me habían contado como si fueran mías, pero no, y cuando las historias te las cuentan tantas veces te crees que las has vivido, y después queda toda una vida, veinticuatro años, una vida veloz como un cometa raudo, para descubrir qué es verdad y qué no. Mis padres, que hablaban de la juventud con nostalgia. Los chicos del Servicio, que echaban de menos el mundo de fuera como si alguna vez lo hubieran vivido. Las abuelas de la Colonia, que describían un paisaje que no existía, animales que ya no estaban. Los chicos del sanatorio, que se arrepentían de las cosas que no habían hecho, porque uno siempre se arrepiente más de las cosas que no ha hecho que de las que ha hecho. Y mi enfermedad, que era un puñado de palabras que me destruía por dentro.

Ahora desearía el orden que otorga la distancia. Poder estar arriba para mirar abajo, o estar abajo para ver que el cielo se mueve constantemente haciendo círculos, que las nubes se componen y se descomponen en una coreografía aprendida, que las palomas, las pocas que quedan, vuelven todas las tardes al mismo nido y que el oeste será el oeste otra vez mañana por la mañana. O estar arriba para ver que, abajo, un pueblo es una cuadrícula que se extiende por el mapa y nada más, una cuadrícula que se dispersa con luces que centellean cuando llega la oscuridad. La claridad que se ilumina en las ventanas, cuando el día todavía está por nacer, y los retazos negros que se mueven por los cristales, preparan café, se visten: viven. Los caminos dibujados en la montaña y las personas que se adentran en ellos. La tierra que no muda de color porque color no hay más que uno. Los vallados que separan los campos secos y las puertas que permiten cruzarlos. El reflejo que las nubes estampan contra el suelo. También como los mismos troncos, las mismas casas, las mismas personas trazan una sombra distinta según el ángulo con el que brilla el sol. Las cosas siempre en su sitio y la sombra siempre distinta.

Cuando cuentas una historia, la gente quiere que sea ordenada. La gente no sabe que las historias, si se ordenan, no son historias, son mentiras. Eso me hace pensar que lo que la gente quiere escuchar son mentiras. Acabarla da un poco de pena, uno no terminaría nunca de narrar y narrar y narrar su historia. Yo quiero dejar de dudar de los pedazos que no recuerdo de mi vida. Quiero dejar de imaginarme qué habría pasado si todo hubiera salido de otra forma. Quiero creer que las cosas que no dije cuando tendría que haberlas dicho puedo decirlas ahora.

Mamá, no pretendas andar por la calle con un orgullo falso. El tiempo se está acabando.

René, déjame olvidar cómo el sol te brillaba en la piel. Déjame olvidarte.

Rita, amiga mía, tienes abejas en el estómago; un día, se convertirán en dragones que se te comerán por dentro. Aliméntalos.

AMOR Y PAN

Hay un invernadero inmenso: un esqueleto de metal en el que repica el sol como si fuera un rayo, y todo lo demás son cristales. Hay el verde de dentro y hay lo que queda más allá, parduzco: la tierra resquebrajada, el suelo deshidratado. El color verde, el color beis y el color gris de la carretera que serpentea y se adapta a las dunas sólidas, hasta la valla, alta, cuatro metros casi, con una alambrada. Bajo el sol, dos cuerpos. Prolongaciones del mundo sólido. Dos manchitas que avanzan por el asfalto. Podrían ser dos insectos que montan una anguila, pero son Rita y Líton, que andan bajo el sol candente. Llevan gorra, cantimplora, se han embadurnado de crema solar y se han puesto las gafas. El paisaje arde. La claridad deslumbra. Les quedan cuatro curvas, no lo saben, porque la tierra yerma sube y baja, y la carretera traza giros pronunciados que impiden ver el horizonte, pero les quedan cuatro curvas y por fin llegarán.

Un encuadre del pecho al rostro con el fondo difuminado: los dos sonríen. También sudan y la piel se les quema sin que acaben de notarlo. Es una rojez que se extiende por la nariz y escala la frente. Sonríen y podrían no hacerlo: se ha levantado un viento caliente que ha agitado la tierra y la ha removido, han tenido que cerrar los ojos para no cegarse. Parecen contentos, una especie de felicidad prematura. Andan bajo el sol y, a cada paso, acortan el camino. Ya les queda menos. Ya nos queda menos, dice Rita en voz alta, y Líton responde sí, ya llegamos, y Rita se sorprende porque se lo decía hacia dentro y, sin querer, lo ha dicho hacia fuera. Se miran: sonríen. Andan y, después de la última curva, ya pueden admirar sus dimensiones: el invernadero es inmenso. Si tuviera que contárselo en la Colonia, piensa Rita, a un minero que no supiera ni que este sitio existe, le diría que es lo más parecido a un oasis que ha visto nunca. Observa a Líton, con la gorra, las gafas y la cara blanca de la crema. Se mira el vientre y las piernas hasta el suelo: los pantalones de lino, los zapatos de suela gruesa, el polvo que ensucia la piel. Dos cuerpos en el desierto y, en el horizonte, el invernadero que los espera.

Los vigilantes abren la puerta. Líton lleva, doblada en el bolsillo, la acreditación que ha preparado para enseñársela, pero no se la piden. Nos esperaban, piensa Rita, y cuando cruzan la valla alambrada empieza el verdor. Y, con el verdor, el ruido. Un zumbido. Si los rayos de luz que atraviesan los cristales fuesen relámpagos, ese rumor sería el trueno: allí es adonde quieren ir. Como si hubieran sabido que ya llegaban, los saludan con ruido. Viene del ala derecha. De camino al invernadero, han tenido tiempo para decidir cómo querían hacerlo, han salido al amanecer y saben que no tienen mucho rato, porque quieren volver a casa antes del atardecer. Eso quiere decir que disponen de una hora como mucho. Se han dicho que el primer lugar que quieren visitar es el ala derecha: allí es donde está el jaulón de las abejas. Rita lo piensa bien y no sabe si llamarlo jaulón o llamarlo sala o granja o llamarlo hogar o refugio o santuario o llamarlo templo.

Ahora las espaldas se abren paso en el verdor. El pelo de los dos jóvenes, fino, reluciente, manchado de sudor y arena, se arremolina de cansancio. Cruzan dos controles, dos puertas que se abren con candado. Con cada puerta que pasan, el rumor sube de volumen. Un rumor secreto. Los ensordecería, si lo oyeran. Vuelven: intentan identificarlo. Y, por fin, llegan a la sala: los ensordece. En el centro, se abre un pasillo de tela enrejada que hace de mosquitera. El ruido crece, se multiplica, desde el túnel. Las abejas no se mueven como una nube; es, más bien, un batallón: abejas que dan vueltas, que se remueven como si supieran perfectamente el lugar del que vienen, el lugar al que van. De vez en cuando, alguna se dispara, sale de la esfera de ruido como una bala desorientada y después regresa, se une al sonido para confundirse de nuevo con el resto, para integrarse en la negrura que levita por la sala, los residuos de un incendio. Como si se me hubiera clavado en el corazón, piensa Rita, como si la abeja disparada por el silbido del viento se hubiera alojado en una de las cámaras de mi corazón. Querría verse los ojos, reconocerse el descubrimiento en la mirada: la lengua incapaz de pronunciar ciertas palabras. Y es que solo habían visto abejas en fotografías, también disecadas, en el Museo de Historia Natural, en la ciudad, donde había ejemplares de especies extinguidas –primero habían tenido que cruzar los portones de madera, dejar atrás la ciudad, entrar como si el edificio se los comiera.

Cruzaron los portones de madera, dejando atrás la ciudad, como si el edificio se los comiera. Podría ser una iglesia, dijo Rita dentro del museo, por la sombra y el frío.

O un sanatorio, contestó Líton, también podría ser un sanatorio, por el silencio y el frío. Había esperado a Rita en la estación central y habían ido juntos hasta allí: los dos caminando, los cuerpos separados, sin tocarse, con la timidez que acompaña los buenos principios y los arcos iluminándolos y apagándolos de camino al Museo de Historia Natural.

En la primera sala, abejas clavadas en un corcho con agujas. Tamaños distintos. Colores diversos. También había grabados, dibujos de grandes dimensiones, detalles de las alas, de los nervios de las alas, como hojas secas, muertas, que habían ido adelgazando, buscando la transparencia. Las abejas: piedras preciosas, esmaltadas, que colgaban coleccionadas detrás de un cristal, clasificadas según su origen, su raza, según su función. A Rita le hacía gracia que hubiera abejas reina y abejas trabajadoras, y se preguntaba, delante del cristal, buscando la diferencia, si primero había llegado la abeja y después el hombre, o si la cosa había sido al revés.

Líton, en el otro lado de la sala, se paraba delante de unos tableros con dibujos geométricos. Eran colmenas: paneles circulares agujereados por hexágonos exactos. Eran casas. Eran ciudades. Eran mundos de cera, atravesados por laberintos en los que vivían las abejas. Como en la mina, pensó. En la Colonia. Como en aquel pueblo diminuto en el que sus padres habían comprado una casa. Como en la ciudad, con edificios, pisos y ventanas que abrían sus ojos metálicos al mundo. No quería creerse que un insecto diminuto hubiera sabido crear una forma tan perfecta. No quería creerse, paseando con Rita por la sala de luz tenue, medio apagada, que aquellos animales se organizaran, se comunicaran con el enjambre en movimiento, construyeran esferas que colgaban de los árboles

20

como levitan los frutos antes de caer. Rita, dijo señalando uno de aquellos nidos amarillentos y translúcidos, mira, y el mero hecho de pronunciar su nombre despertó en Líton una emoción renovada.

Había otra sala que brillaba de colores con minerales dentro de las vitrinas, piedras preciosas y pedazos de coral –unos cuernos rojizos que, tiempo atrás, cubrían los océanos–. En otra había peces disecados con la boca alargada y ojos de espanto. Cada uno con su nombre y el lugar concreto al que solían migrar. Había otra que se llenaba de caracoles, caracolillos, conchas, caparazones de tortuga, corazas de animales terrestres, osamentas de reptiles acuáticos, algas, cangrejos. Y otra sala más llena de estantes con frascos de conocimiento gravitando, pedazos de materia viscosa que flotaban en el líquido, plumas y semillas, troncos, musgo seco, nidos y escamas de peces, también fósiles con huellas de pájaros –tócalos, rózalos, le dijo a Rita, pasa los dedos por la corteza congelada del tiempo.

A ella le gustaba más admirar que ser admirada. Era el primer día que quedaban después de la noche de fiesta en la que se habían conocido y pasear por el museo les permitía mantener el silencio sin incomodidad. Recordaba que, durante aquella noche, varias miradas la habían atravesado, algunas en busca de respuestas, otras solo preguntando. Líton se lo notaba en los ojos, en las manos: prefería observar y tener el control de la mirada, no verse obligada a cuestionar por qué una persona había decidido dirigirle su atención. Él se movía de una vitrina a otra ágilmente, se acercaba, disimulaba el cansancio de las semanas que había pasado apagando los fuegos, apoyaba la frente en el cristal y miraba el interior a la espera de que alguno de los animales disecados le contestara. Así pasaron la tarde hasta que la luz de fuera y la luz de dentro se confundieron, y ellos también, con la luz, con el espacio, con el mundo que les crecía en el pensamiento. Lo veían: un nuevo mundo que se injertaba lentamente en sus deseos. Al salir del museo, Líton sintió que una decepción amarga se le aferraba al cuerpo. Rita paseaba descansada: durante horas, había dejado de existir y se había trasladado a un universo que iba construyéndose poco a poco, mientras lo conocía. Pero Líton solo pensaba en los animales que habían podido observar con precisión porque estaban muertos. La quietud de los cuerpos volvía, el silencio en el que se dejaban contemplar, convertidos en pruebas de un mundo antiguo. La oscuridad que permitía creer en las sombras, en los ruidos y en los sueños ocultos dentro del museo, era precisamente así: como el cuento que te cuentan al acostarte, que se sostiene con la luz tenue de la habitación.

Después de pasear por la calle de arcos que los conducía a la estación, justo antes de despedirse, le propuso a Rita ir un día al invernadero. Ella nunca había oído hablar de aquel lugar. Se fijó en los nervios de Líton: liaba un cigarrillo con los dedos temblorosos, pasaba la lengua por el papel y lo encendía con dificultad. Y le contestó que sí sin darle vueltas. Decía que sí a las cosas irrepetibles. También a las involuntarias. Líton volvió a encender el cigarrillo, le dio dos caladas seguidas y le contó que no era fácil entrar.

Rita se despidió con un abrazo que pilló a Líton por sorpresa: el pelo confundiéndose, los brazos también, enroscados en el cuerpo del otro. Aquella tarde casi no habían hablado, solo habían hecho algunos comentarios sobre la noche de fiesta sin entrar en demasiados detalles. Pero se calmó cuando notó que los brazos de Rita lo cogían por la espalda, se serenó con el encaje perfecto del mentón en el pozo de la clavícula y notó que Rita le metía algo en el bolsillo de los pantalones, con el abrazo. Esperó, mientras se acababa el cigarrillo, a que Rita subiera al tren y a que el tren se la llevara. Y siguió pensando que lo que habían visto podía ser mentira, una invención, una versión deformada como las historias familiares, que mutan con las voces que las cuentan. Se le escapó, en la mirada: el tren huyendo veloz, volviendo al pueblo para descargar los cuerpos cansados que trabajaban en la ciudad. Y, encima, la luna plácida compartiendo el cielo nocturno con los últimos colores del día.

Rita, desde el vagón, veía que Líton se iba encogiendo mientras desdoblaba el folleto del museo que le había metido en el bolsillo y en el que había escrito el teléfono de su casa, en la Colonia, para que no tuviera que volver a subir a buscarla, si querían verse. Líton se hizo pequeño otra vez, como cuando se había ido corriendo de la fiesta al salir el sol, difuminándose hacia los incendios, y pensó, sentada en el tren, medio deseando que él la escuchara, en las historias que se escondían detrás de las vitrinas: todas aquellas formas diferentes de escuchar el mundo. También se preguntó, antes de perderse en otro pensamiento, cómo habría convivido con ellos cada uno de aquellos animales disecados. Cómo se habrían mirado. Personas como ella, que solo quieren vivir sin hacer mucho ruido. Cómo se habrían querido. Y, más tarde, el pensamiento se fue hacia otro sitio, hacia los incendios que habían ardido cerca del pueblo y la Colonia durante semanas, y que ahora ardían en otros valles. Y también pensó en Líton, que había estado allí hasta que habían ordenado un cambio de turno. Primero había que tener los fuegos perimetrados, bajo control. Después fue a buscarla, se presentó en la puerta de su casa como había hecho Lena tantos años antes en el pueblo. Y el último pensamiento antes de dormirse, a medida que se le cerraban los ojos en el asiento del tren, fue para lo que había ardido durante aquellos días, centenares de casas, hectáreas de bosques secos, algún pueblo entero, cigarras, ratones y liebres que chillaban bajo las llamas, y se imaginó que, en un futuro inexacto, construirían un museo como el que habían visitado, con una maqueta que reproduciría en miniatura las casas perdidas, los portones, las plazas, las calles, las farolas, las iglesias, los bancos. Y también las personas, esas figuritas de plomo tan pequeñísimas que casi ni se ven.

La cosa es que nunca han visto abejas vivas. El ruido, piensa Líton dentro del invernadero, le recuerda el motor de los camiones que tenían en el Servicio y en los que los jóvenes se amontonaban unos encima de otros. El ruido, piensa Rita, le recuerda el motor de los camiones que conducía su padre hacia la mina, los camiones que siguen saliendo de la Colonia y llegan a los túneles de la montaña, donde los engulle la negrura.

Líton le dice algo, pero ella no oye nada, solo el movimiento de los labios y la nube sorda que se come las palabras. El cielo mudo. Ahora mismo los ojos de Rita piensan que Líton es suyo. Por un momento, los dos se han olvidado de que con ellos hay otras personas, de que los vigilantes los observan desde varios puntos del invernadero. Es fácil desatender el mundo bajo ese zumbido, es como si los dos aprendieran la misma lección: que el silencio no consiste en la ausencia de ruido, sino en encontrar el rincón exacto en el que descansar el alma y el cuerpo, como ahora, y de intuir sin saber.

Líton está delante de Rita, Rita está delante de Líton, las abejas se mueven como si una tormenta amenazara el buen tiempo, una temporada de huracanes que está por llegar, que ya se acerca. Y podrían bailar, podrían empezar a moverse, volver a la noche en la que se conocieron, a la fiesta, que les queda lejos porque, quieran o no, ya queda lejos –así pasa, a veces, el tiempo: el pasado se hace pasado porque se acaba–. A Rita, ahora, le gustaría decirle a Líton lo que piensa, le gustaría decirle gracias, por ejemplo, también le gustaría decirle que cuando está con él consigue no recordar el sitio del que viene, que hay cosas que pasan y no sabes cómo y hay cosas que sientes y no sabes cómo, que tenerlo cerca le despierta una calma que no había sentido nunca y que hace que olvide las veces que le han dicho que no y las respuestas que ha callado y el silencio que lleva dentro desde hace mucho tiempo. Y a Líton le gustaría decirle a Rita lo que siente, le gustaría decirle, por ejemplo, qué suerte, también le gustaría decirle que cuando está con ella le dan igual la canícula y ese aire que sopla ardiente y el tiempo que se extiende ante él como una condena, le gustaría explicarle su forma de estar y de no estar, le gustaría hablarle de cómo sabe desaparecer y de cómo no sabe hacerlo de otra manera, y le gustaría decirle que está bien, que ahora mismo, Rita, estoy bien.

Y quizá es el ruido del zumbido, quizá es la oscuridad de la nube que dibujan las abejas, quizá es la humedad que se pega a la piel y el descubrimiento de un sentido desconocido, quizá no es nada de eso y quizá lo es todo a la vez. Y es que aquí dentro es como si volvieran esos flashes de luz intermitente de la primera fiesta, la cara de Líton, la cara de Rita, salpicaduras de negro y salpicaduras de blanco como retazos de noche y de día encima de ellos, la noche y el día, el principio y el final, Rita delante de él en un fotograma discontinuo, su cuerpo moviéndose cincelado como si un relámpago lo agrietara, ahora lejos y ahora cerca, y toda la verdad del tiempo contenida en el rostro de Líton, delante de ella como en un aliento helado, las chispas de blancura y los suspiros, el cansancio y el sudor, el amor, la vida de pronto a trozos, el tiempo detenido, centelleando con la luz que se enciende y se apaga. Y ahora el vigilante les dice que ya está bien, que tienen que salir, que las abejas no están acostumbradas a convivir con visitantes y no pueden quedarse más de cinco minutos.

La música se apaga.

Los cuerpos se paran.

La claridad vuelve.

Y el zumbido.

Rita, antes de salir, hace una fotografía –la sonrisa de Líton, las abejas de fondo, desenfocadas– y le devuelve la cámara. Desde una esquina del invernadero, detrás de pámpanos verdes y pétalos de colores que puntean gruesas lianas, desaparecen por la puerta.

Sentados de lado encima de un muro de piedra seca, se comen un bocadillo que Rita ha preparado antes de salir de casa a primera hora. Tienen las manos aceitosas y la frente sudada. Mastican y beben agua para bajar la pasta garganta abajo. Es como si estuvieran cansados de sí mismos, de los pensamientos con los que carga cada uno. Líton remueve una hoja ancha y tierna que ha arrancado de un árbol del invernadero, mira a Rita de reojo, y tan cerca el uno del otro, tan así de lado, podrían ser dos de las tortugas que han visto en uno de los estanques, que se amontonaban, replegadas hasta la confusión sin moverse, estirando las patas bajo el sol.

Líton piensa en las viejas de la Colonia, replegadas y sin moverse bajo el sol en las sillas que colocan delante de casa: la que siempre sufre por lo que está por venir y llora por lo que ya no está, la que ríe y busca conversación, la que dice tacos y refunfuña de mala manera. Las tres, piensa Líton, cuentan historias inventadas fingiendo que son verdad, guardan en tarros de cristal semillas de plantas que ya no arraigan y ponen la mesa todos los mediodías como si aquello fuera una verbena.

Tienen que darse prisa, porque mañana Rita trabaja. Se dan cuenta del tiempo que pasa como si la amnesia se apoderase de las horas: no hace nada que se han levantado y ahora ya toca desandar el camino. Si no, podrían hacer noche a medio trayecto o dormir al raso, Rita le enseñaría a Líton las estrellas, le enumeraría las constelaciones y le deletrearía el nombre del planeta que brilla más que los demás puntos luminosos en el firmamento. Hablarían de que, un día, alguien decidió unir los puntos del cielo, ponerles nombre y decir que allí relucía una osa, un carro, un cisne o un centauro. Hablarían de que hay que imaginar un poco para poder vivir y de que las historias, de tanto repetirlas, se vuelven verdad. Pero, a diferencia de la tarde del museo, ahora Líton descansa y Rita mueve la rodilla repetidamente con un gesto nervioso. Tiene ganas de volver. Sabe que debe llegar al tren, y del tren al pueblo, y del pueblo a la Colonia, y de la Colonia a casa.

Rita piensa en las viejas que evita desde hace años al salir de casa y al volver, allí en la Colonia: la que siempre sufría por lo que estaba por venir y lloraba por lo que ya no estaba, la que reía y buscaba conversación, la que decía tacos y refunfuñaba de mala manera. Las tres, piensa Rita, pegadas al ventilador para echar la tarde, jugando a las cartas y apostando garbanzos en lugar de monedas.

Líton le pregunta si van tirando, y Rita se levanta, lo sigue, cogen la carretera que repta entre las dunas y el invernadero se hace pequeño a su espalda. Cruzan campos de trigo como desiertos desplegados por el camino. El in-

27

vernadero se hace pequeño y también se hace pequeña la idea de que el mundo es grande y está lleno de cosas. De lo que no se puede hablar conviene callar, se dice Rita, y es que lo que queda dentro de los cristales de ese invernadero no le importa a nadie de la Colonia. ¿Cómo va a poner palabras a lo que han visto, al volver a casa?

Entonces aprovecha el silencio y le pregunta a Líton por la noche en que se conocieron, arranca una espiga, y otra, y lo que quiere saber, en realidad, es qué pasó mientras ella dormía con Fèlix, todos los detalles, y arranca otra espiga. Líton esquiva la pregunta y se la devuelve, mientras se alejan aún más del invernadero, andando, y ella le describe la noche entera, las manos de Fèlix llegando en la oscuridad, unas punzadas en la zona de la barriga, el corazón a mil, la sed de la mañana siguiente, los límites del propio cuerpo, dice, del cuerpo del otro. Y así logra salvar la distancia y que Líton le confiese lo que recuerda, lo que la memoria todavía retiene de aquel otro chico, entregándose a él como quien se entrega al olvido, el olor a quemado al despertarse y los chicos que corrían hacia los incendios, y de ahí se va al Servicio, a la luna llena en las letrinas y a otro chico cuyo nombre no dice. Un chico sin nombre que lo fue todo, como un espejismo. Un chico sin nombre, el Servicio y el amor callado que fueron el uno para el otro. Un chico sin nombre y las tardes de permiso juntos, allanando los caminos con una moto veloz, tratando de desaparecer de la Tierra. Rita lo escucha cautivada. Cautivada por las cosas que hicieron y, con la historia que le narra, le entra un deseo profundo de sentir lo mismo que Líton le confiesa, aunque parezca horroroso, terrible, aunque él lo cuente porque lo echa de menos, porque no soporta haberlo perdido, y, por la forma en que habla, es como si

28

no supiera que las palabras fracasarán siempre al capturar lo que describe, que ya no está.

Rita y Líton siguen carretera arriba, kilómetros de asfalto, contemplando el intercambio de astros entre las nubes, mientras la tarde se hace noche, iluminados a esa hora del crepúsculo con un ramo de trigo entre las manos, fulgente como ha sido el día, hasta que sus caminos se separan y cada uno vuelve a ocupar el lugar que le pertenece. Como ellos: el cielo siempre sin moverse.

VELAS Y VIENTOS

Una riada de gente se encamina a la iglesia. El personal ya barniza los muebles con pez negra, en señal de duelo, dice una de nosotras tres, la Llorona. El pueblo entero aturdido y de camino a la iglesia, donde no cabe un alfiler, y nos decimos que el edificio este se vendrá abajo, de tanta gente, se vendrá abajo, cien mil millones de personas y al final no habrá un muerto, no, no solo estará la criatura diminuta, recién nacida, en la cajita de pino, habrá miles, refunfuña Galatea, ¡miles de muertos, si la iglesia esta se derrumba! El pueblo enterrado y sepultado. Y entonces el Barbas se pone a tocar el organillo, él, que se siente muy afligido, con el corazón que no le da para decir nada, madre mía, que no hay dos notas que toque seguidas. Un cristo, hoy, hacía años que no se veía en el pueblo un entierro así, y nosotras completamente sordas por los cantos y los retumbos del órgano cansado. Y ahora despliegan un banquete en la plaza, aguardiente para que la gente se emborrache y llore a la criatura, la llore desconsoladamente, durante horas, pimplándoselo todo. Y ahora entierran a la criatura pequeñísima, convertida en angelito, que era como un buñuelo malva, entre unas parras, en el cementerio, y su padre le levanta un altar con cuatro ramitas y dos tejas, una capillita de pobre para el chiquillo. Y dicen que dicen que su padre, el carnicero del pueblo, al ver al sepulturero regar las parras con un culo de agua de las riadas del otoño pasado, le brama que si sigue remojando a su hijo va a colgarlo como un cordero. Y al lado de la criatura hay otras, que la más jovencita del cementerio es Martineta, una chiquilla que se la llevó un bicho que le reventó el espinazo y la dejó coja y lenta como una ternera mal nacida, o el bebé del Barbas, que se le clavó un clavo oxidado en la planta del pie y se despidió en diez días. Y todavía nos resuenan las tonadas de infierno del Barbas con el organillo destemplado, que debe de pensar en su criatura diminuta enterrada al lado de esta otra. Y así, ahora mismo, por aquí junto al cementerio, pasa en procesión la familia del trapero, sin pararse, de camino a la Colonia, allí donde vivimos nosotras, en lo alto de la montaña, que lo han mandado allí a trabajar porque en la ciudad quieren carbón. ¡Y a obedecer, me cago en la leche! Y las tres vemos al hombre y a la mujer con los críos, dos niños preciosos y una chiquilla muy maja, de nombre Rita, dice Águeda, dirigiéndose hacia allí, como bestias cansadas, como si se repitieran por dentro, apaciguándose, que la vida no puede ser amable con todo el mundo. Y, al final, cuando la gente ha cogido una buena turca y alguno incluso no sabe cómo volver a casa, subimos otra vez para la Colonia, para casa, sin despedirnos de nadie.

Ya hemos marinado la carne en leche para que se ablande, de tan dura que es, y la cocina apesta a yogur agrio, ensangrentado, refunfuña Galatea, que ni te lo figuras, pero aún hay que remojar el conejo de caza, bien viejecito, en vinagre, para que destiña la sangre y la carne se ponga blanca y transparente como la del pollo, a ver si así nos creemos un poco que es gallina lo que masticamos, se queja la Llorona, y no la carne fibrosa llena de tendones del conejo viejo. Tan viejecito como nosotras. De fondo oímos las voces de la juventud que sale a jugar por la montaña, pero que ya no juega y empieza a darle a la sinhueso: el día entero hablando y no se cansan. ¡Qué vicio y qué fastidio eso de parlotear tanto! Entre ese revoltijo de gritos para mí que se distingue el tono de Rita, la hija del nuevo minero, dice Àgueda, que había sido trapero, pero que se ha puesto a talar la montaña como si la roca fuera madera cuando lo han obligado a dejar el negocio de ir recogiendo telas aquí y allá. Venga a destripar la montaña por las riquezas que quieren en la ciudad. Como un castigo, pobrecillo, gimotea la Llorona. Y su familia sufriendo y resufriendo en la Colonia. A menudo la chiquilla del minero nos visita en casa y charlamos: el día entero hablando por los codos y no se cansa. Cruza las calles de la Colonia, se acerca al lavadero, al lado de nuestras casas de mala muerte, nos llama a una de las puertas con esos nudillos de pájaro que tiene, esos deditos escuchimizados y esos ojos también de pajarillo desorientado por las ventoleras, y nos suelta soy Rita, soy la hija del nuevo minero, ¿puedo pasar? Y será que nos busca, a nosotras, a las viejas, porque nosotras, la cuadrilla de abuelas mohínas, viejas cotillas, que nos llaman, no le preguntamos si esto o si lo otro, si van o vienen, en su casa, o qué le pasa por la cabeza para tirarse el día sola, sin amigos, porque lo que nos importa es que tenga el alma buena. Y la tiene, la criatura. El alma buena y un corazoncillo de cordero. Y también una mirada llena de dulzura y de bondad. Y yo la busco, a la niña, que no debe de quererla nadie por cómo han salido las cosas,

33

suelta Àgueda, fuera del pueblo de un día para otro, y a hacer dinerito a la mina como topos entre las rocas. Los gritos de los críos y ella nunca está, que no la quieren, reniega Galatea. Y la chiquilla viene hacia aquí, por el camino cuesta arriba del lavadero, y llega sudada y abre las miserias, que escuchamos con el corazón en la mano mientras le decimos: ¡Rita sí, eso sí, Rita no, eso no! Nos habla de cuando vivía en el pueblo, de una amiga que tuvo, una tal Lena, malvada y traidora, dice Rita, Lena-ojillos-mentirosos, y desde entonces está sola como un pichón abandonado, que era la hija del panadero y habían descubierto el pueblo juntas, de la mano para arriba y para abajo a todas horas, nos cuenta, hasta que la otra le dijo basta, y ahora bien desvalida aquí en la Colonia, afligida toda ella, cuando lo recuerda, que no nos creamos nunca las promesas que nos juran los demás, nos dice, que la amistad es una rareza que no se hace con palabras, sino con hechos. Ha pasado las de Caín, gimotea la Llorona, y ya lo dejará correr, dice Àgueda riendo, ya se olvidará de esas chiquilladas. Y miramos por la ventana la línea de cresta seca, y después, al tirar la piel del conejo al barreño de al lado de la puerta, vemos el pueblo, por debajo de nosotras, que había sido tan precioso y ahora, ahora pues ya no lo es tanto. ¡Y aquí nos tenéis, esperando siempre días de mejor agüero!

Qué más da si esto es un sueño, qué más da si esto es un sueño de paz dulce, pero llueve. Hay agua. Y con el agua es como si brotara el verdor. Agua que cae del cielo a destajo. A cántaros. Todo bien empapado. El ruido de las gotas gruesas contra las hojas secas y el chapoteo de otras gotas que rebotan contra los charcos de agua que recoge la tierra. El frescor que se restriega tímidamente contra el paisaje. El rumor tan disimulado, celebra Àgueda, del césped al respirar renovado, de la tierra por fin húmeda. Por fin bañada, dice Galatea. Y así otras gotas contra otras gotas. Y de tanto sobarse la lluvia, de tanto hacer rebotar el agua ya caída y removerla, todo se convierte en un bochorno repentino: el aguacero remueve el entorno con un furor que parece hervir. Es como si el suelo quemara y el agua, al llegar hasta él, se convirtiera en humo, es como si el agua del mundo, por encima de nosotros, se evaporase dentro de la cazuela que es el pueblo. Y nosotros somos animalitos insignificantes que, frente al delirio, callamos. Ahora agua. Ahora calor. Ahora vapor. Ahora nada. Y el cielo encapotado y el sol oculto detrás de la lluvia, como si la noche llegara en pleno día. Cuando oscurece, el agua lo inunda todo y la luz del anochecer se escurre entre las gotas. Han llegado los diluvios al valle, nos repetimos las tres buscándonos la mirada.

Es cierto que hay quien prefiere esto a la sequedad mortal y así se quedaría, pero tampoco es una buena noticia que hayan llegado las inundaciones, porque una vez que el agua azota el pueblo y la Colonia, furiosa, después de la alegría inaugural, se abre el miedo que empieza cuando uno no sabe muy bien cuándo van a acabar las cosas, se lamenta la Llorona. Entonces es el barro el que empieza a tragarse medio pueblo, son los troncos los que navegan como botes por los ríos improvisados, y los muebles los que salen escupidos de los caserones de las calles más anchas. Se anegan los campos y el mundo se vuelve podredumbre, sigue la Llorona, se anegan los animales y se anegan las personas. Y se anegan las almas. Al techo que nos sirve de cobijo, el aguacero no le duele. Y el pueblo nos queda lejos, abajo, muy abajo, y lo vemos como un cucharón que rebosa agua y como unos puntitos de luz, velas y vientos, que fulguran en la noche.

Ahora que la lluvia ha amainado, la chiquilla nos visita y nos regala conversación. Siempre que se acerca, nos trae algún regalito, un tronco del bosque que ha esculpido con cenefas, una piedra en la que ha escrito algún poema, un puñado de hojas secas y un cordel que las ata, y nos dice Galatea, cuélgalo de aquí, te traerá suerte, cuélgalo al lado de la puerta, Àgueda, e imantarás la suerte del mundo, o en el somier de la cama, Llorona, y ahuyentarás las pesadillas. Y hoy nos pregunta si todavía nos reconocemos, tan arrugadas, cuando nos miramos en el espejo. O si lo que encontramos al mirarnos es una mentira, nos dice, como un engaño. Y nos da pena, nos aflige un poquitín, que nos lo pregunte, porque nos lleva a pensar que nuestra Rita nunca nos conocerá de verdad, que Rita nunca verá lo que vemos nosotras cuando nos encontramos reflejadas en el espejo.

Hace una mañana clarísima, una mañana clara de verdad, de una primavera tardía que las inundaciones han regado, con el cielo pálido que se abre después de los aguaceros. Eso es lo que ha hecho crecer el verdor aterciopelado en la montaña abierta, sí, también han sido los aluviones salvajes que han enterrado algunas casas y han despertado los torrentes del pueblo: el agua recupera su sitio, dice la gente, como una víbora maldita. Y un hierbajo verde crece en el lecho de los pinos secos. Ahora Àgueda se pinta los labios de color granate con un espejo entre las manos, y Galatea refunfuña ojo, Àgueda, si te los repasas demasiado parecerás un animal, y le responde acércame las gafas, que no veo ni torta, y Galatea se las limpias con el jersey de punto y un poco de saliva y las mira contra la luz y dice ahora sí, Àgueda, ahora ya sí, y al ponérselas exclama ay, esto sí que es ver de verdad, y la Llorona sonríe, parece mentira, pero la Llorona sonríe sin despertar demasiado ruido y Àgueda dice nenas, y entonces la Llorona sonríe aún más, nenas, si no nos ponemos guapas, ¿quién creéis que va a hacerlo por nosotras? ¡Tan presumidas como éramos y ahora con alpargatitas, que se nos ha hecho corta la vida y hemos llegado a viejas sin darnos cuenta! Y estallamos las tres en una carcajada como si fuéramos criaturas.

La niña hace dos días que no viene y tampoco queremos salir a buscarla, porque no somos nadie para ir a buscarla a ningún lado, ahora que el cerebro de los vecinos va herido por la misma idea, que solo se duelen de la miseria del pueblo encharcado y de los mineros que han muerto enterrados en la montaña, de nada más, y nosotras, que estamos curadas de espanto y lo hemos visto todo, ya sabemos qué pasará, que todo esto se secará de nuevo y volverá la aridez como ha vuelto tantas veces. Metida en una revista y retocándose los rulos, Àgueda dice ¡yo de todo eso no quiero saber nada!

La Llorona se lamenta cómo va a saber hablar del tiempo esta juventud, si los pinos se secan y mueren, si el agua solo llega de golpe, unos días seguidos de inundaciones, todo corrompido por la podredumbre y después seco otra vez, cómo van a saber charlar del tiempo si no saben cómo se oía antes el jolgorio del río con su caudal tan generoso, sin abedules que arraiguen y broten, que en los bosques es donde una encuentra el tiempo de ayer, tan vivo, una hoja verde recién nacida, y también el tiempo de hace tres siglos, petrificado en un roble milenario. ¡Cómo va a apañárselas, se lamenta, cómo va a apañárselas esta juventud! Y Àgueda se echa a reír de mala manera.

La niña hace semanas que no viene. Entre ese lío de gritos, nos gustaría distinguir el tono de Rita. Otras chicas y otros chicos, chavales, y otras chicas que son mozas y otros chicos que son mozos sienten una curiosidad viva y cuando pasan cerca del lavadero aguzan el oído, fingiendo que no, gruñe Galatea, se comportan como si les importase muy poco lo que hablamos allí las viejas, pero ponen la oreja con ganas para descubrir cuál es la buena nueva que anunciamos. También se acercan intrigados por lo que hablamos y así sienten, chicos y chicas, sienten en el pecho un manantial de aire fresco cuando espían, envalentonados, en lo alto de la montaña. Lo saben: ¡la noche es de las estrellas y el día, de las viejas!

¡La añoranza del agua, dice la Llorona, siempre con la añoranza del agua! Que llega de golpe, lo inunda todo, después se esfuma y otra vez este desierto. Salimos delante de casa, desplegamos las sillas, nos repartimos el currusco de pan de postre, nos sentamos y aguantamos la tarde porque alguien tiene que aguantarla, gruñe Galatea, alguien tiene que aguantarla. Y, como si fuéramos los gorrioncitos que no tenemos, los zorros que hemos perdido, miramos ahora a los chiquillos que juegan, ahora a la juventud que se funde por el bosque, ahora a algunos enamorados que se ocultan entre las matas, maldita juventud, ríe Àgueda, ahora a una pandilla de mozos que sube hasta aquí alejándose de su familia, cuanto más lejos mejor, para encender un cigarrillo sin que sus padres huelan el humo, ríe Àgueda, maldita juventud, anda que no saben latín, y ahora miramos hacia la derecha, ahora miramos hacia la izquierda, ahora miramos hacia arriba, que ya oscurece y en el firmamento se presentan las estrellas centelleando, vamos a volver dentro, refunfuña Galatea, vamos tirando y cenamos algo, que se ha hecho tarde, pero antes de acostarnos, mirándonos a los ojos, medio airada, Àgueda dice, muy seria, que lo bueno de ser viejas es que no perdemos el tiempo buscando quiénes somos, maldita juventud, que somos lo que somos y formamos parte de todas las cosas, ¡y venga, ahora sí, ya está, dice, a dormir!

La niña hace meses que no viene. Será porque no parí ni hijo ni hija, gimotea la Llorona, y ningún hombre se acercó a mi cama, porque antes habría tenido que atravesar el pasador de la puerta bien cerrada, será por eso que quiero a la gente joven, porque es mi forma de ser madre sin serlo. ¡Y qué cándidas nosotras, que olvidamos que a la madre que tiene hijos sin parirlos se le escapan sin decirle antes adiós!

Los chiquillos mayores, que ya no son chiquillos, dice Galatea, que ya son mozos hechos y derechos, cuando desfilan por aquí, nos saludan, y hasta se sientan con nosotras, buscan conversación, y la inocencia esa de cuando te cuentan algo nos da vida, como si fuéramos jóvenes y de repente bailásemos y cantásemos y nos enamorásemos, buscan en nosotras alguna historia de este pueblo que no saben ni de dónde sale ni quién lo asfaltó de un día para otro, aunque han nacido y crecido aquí. Y la Llorona se lamenta porque ya no es lo que era, dice, que esta juventud no sabrá nunca nada de eso, Galatea mascula que era bonito cuando había flores, verdor y animales que bajaban de la montaña y rondaban por las calles, antes de las sequías, y Àgueda les cuenta a los mozos con una sonrisa que trepamos montaña arriba, a la Colonia, a vivir, cuando nos hicimos viejas y en el pueblo solo nos parecía que estorbábamos, entonces dijimos vámonos para arriba al lavadero, con las demás abuelas, para arriba, al sitio ese al que va la gente caduca.

La niña hace años que no viene. Será porque no parí hijo ni hija, gimotea la Llorona, y ningún hombre se acercó a mi cama, será porque no salgo mucho de esta casa mía, insiste, de esta casa nuestra, todo el santo día haciéndonos compañía las unas a las otras...

¡El fuego, el fuego, el fuego, solloza la Llorona, el fuego!

Nosotras bien solas y atormentadas y la montaña empieza a arder. Arde el mundo: las llamas visibles, los incendios. Y abajo, muy abajo, sigue el pueblo de mala muerte. Y la Colonia como un hormiguero removido corriendo con desesperación hacia las llamas. No quedan ni alegrías ni recuerdos tiernos y el mundo es una tristeza profunda y un griterío de lamentos. Solo que ya lo sabíamos, ya sabíamos que pasaría. Todo el mundo aterrado. Todo el mundo con esos sustos diminutos que, de tan diminutos, ni se oyen. Y el valle es un vocerío de gente que dice que tendríamos que haber hecho algo, que habríamos podido evitarlo. Y las palabras, como por arte de magia, ya no están. Y, con las palabras que ya no están, también las cosas que no están. Pero nosotras no callamos. Nosotras hablamos. ¡Siempre parloteando!

Querer exige un gesto de valentía, dice Àgueda, y lo repetimos Galatea y la Llorona, mientras barremos la ceniza que alfombra los caminos, aferradas a las escobas como si fuéramos brujas y barriéramos nuestra vida, y, cuando nos juntamos, nos sermoneamos que querer es nuestro gesto, ridículo y pequeñito, de valentía. Y que nuestro Dios somos nosotras y nuestro pasado se nos arruga en la piel. ¡Y también nos decimos que nuestro querer es una gran añoranza! Entonces la Llorona llora y Àgueda dice pánfila, mira que eres pánfila, y rompemos a reír a carcajadas.

Cuando miramos los fuegos desde la ventana, los fuegos como la lucecita que arde en la habitación de los enfermos las últimas noches en vela, cuando miramos los fuegos solo pensamos en una primavera que centellee en la nada, que se reúna un catarro de nubes en el cielo y la lluvia empiece a desplomarse, una lluvia que haga rebrotar toda la hierba gratinada por el sol, por el calor, ¡esos puntitos blancos de las margaritas al florecer, al anunciar el nacimiento de una nueva primavera!

Los incendios se alejan del valle como antes se alejaban los vencejos, cuando había, con aquellas alas que planeaban sobre el viento y se esfumaban por el horizonte. Es lo que tiene el fuego: que hace ventear el paisaje y se desliza con una prisa animal, feroz, que no se atrapa como tampoco se atrapa con la mirada el vuelo negro del pájaro, bajo las nubes, y de repente, al bajar la vista hacia el suelo, dice Àgueda, todo es ceniza y la llama ya bate las alas en un paisaje más lejano.

Mientras lavamos la ropa, e insistimos, la estrujamos contra la piedra, e insistimos, la tendemos, e insistimos, Galatea dice que ha visto a Rita con un novio, Rita de la mano de un mozo rondando por la montaña, ha dicho, veinte años deben de tener, besándose, arriba y abajo paseando como lagartijas por la cima quemada, ahora que los fuegos ya están en otro lado. Es un joven delicado y tiene muy buen aspecto. Dicen que se llama Fèlix, nos cuenta Galatea, habrase visto, menudo nombre tan feo, y mira que es espabilada la Culebrilla, suelta Àgueda, y la Llorona murmura que, como a nosotras, también a los jovencitos les llega el momento de buscar buena o mala compañía, da igual, compañía, al fin y al cabo, para no sentirse solos y poder ir tirando.

Ya debe de ser una mujer hecha y derecha, dice Àgueda, mientras Galatea le agarra un mechón de pelo, le enrolla un rulo y tira fuerte hasta la raíz, que hace años que no la veo, pero me la figuro todavía como cuando era chiquilla, una cría a la que empezaban a crecerle los pechos, encorsetada con unas tiras de algodón que se los apretaban, para no notárselos tanto. Un cuerpo es lo más emocionante que hay, dice Galatea, y Àgueda le contesta encabritada ¡tú fíjate en las pinzas y no me claves más! Pero los de la ciudad que había en el pueblo han huido con los incendios, ay, y con los incendios que ahora queman otros valles el cielo se tiñe de un color salmón muy melancólico, el viento va cargado de polvo grueso y la ceniza, después, nieva como una cosa muerta sobre las cornisas, en las ventanas opacas durante días. De las masías y los caserones quemados solo ha quedado el esqueleto. Miramos esas casas y nos decimos que un cuerpo es lo más emocionante que hay: la fina osamenta que sostenía las tejas, ahora desnuda; los nervios de las masías expuestos a la intemperie. Y el fuego, como una pala inmensa, que ha igualado el paisaje. Y ahora Àgueda se mira en el espejo de un perfil y ahora del otro y Galatea le enseña la nuca con un espejo de mano pequeñito y le dice listo. Y ella dice listo. Y Àgueda sonríe. Un cuerpo es lo más emocionante que hay.

Yo me la figuro todavía como una chiquilla, a Rita me la figuro flaca, pequeña y punzante, se exalta la Llorona, y no quiero enfadarme, dice, no quiero cabrearme con ella, pero se me aparece entre sueños con un cántaro de veneno y me lo hace tragar mientras me dice venga, para dentro, y yo me retuerzo entre las sábanas y me quedo con la boca abierta congelada en un grito y con las carnes duras como piedras, y los ojos se me quedan también como pedruscos pegados al rostro mirando la estría abierta del techo de casa, y allí me pudro sola, vieja y arrugada. Y me despierto ahogada en mi llorera, y me digo no, no y no, ¡eso sí que no!

¡Rita no debe de saber que para huir de verdad hay que tener adónde ir, mientras huye de un sufrimiento que no es otra cosa que ella misma! Siempre decía culpo a esta tierra de los males del mundo, ¡este es el lugar donde mueren los sueños! Pobrecilla, yo no digo que los sueños no estén en otro lado, no, asegura Àgueda doblando la revista encima de los periódicos, pero no acabo de entender que la gente se largue así de un día a otro, porque hacen lo mismo que hicieron los de la ciudad, pero al revés. Nos lo chivó otra vieja en el lavadero, donde hablamos con demasiada libertad. Mientras lavábamos la ropa, y vuelta a empezar, la estrujábamos contra la piedra, y vuelta a empezar, la tendíamos, y vuelta a empezar, la oíamos decir que la hija del trapero había huido a la ciudad, y el amor que queríamos no nos entraba. Cuántos años sin charlar con esa chica, tantos años que podrían ser una tarde: como si la hubiera acariciado ayer noche, lloró la Llorona, como si le hubiera dado mi oncita de amor y pan justo ayer tarde. Yo les habría dicho que su padre no era trapero, sino minero, dijo Galatea al volver a casa, pero las cosas se van repitiendo y calan en la gente y no puedes hacer nada, para ahuyentar las mentiras que se hacen verdad, y si uno fue trapero un día, lo será el resto de su vida, en el lavadero. Amén. Y una vieja le dijo a otra, ni pío, estropajo, no digas nada, caradura del diablo, calla, que tengo que daros una noticia: la hija del trapero se ha largado. No acabábamos de creérnoslo, porque en el lavadero siempre se engordan las noticias y todo es una exageración, pero otra vieja insistió: la hija del trapero se ha ido para no volver. Y decían que ahora vive en un pisito con aquel chico de la ciudad tan espabilado, que subió una tarde al lavadero a despedirse y al que ya no han visto más.

Cuando miramos por la ventana las humaredas lejanas, solo pensamos en los mirlos que ya no están, piquituertos y lechuzas, las gamas pariendo a sus crías entre los helechos, acurrucadas en un matorral, el quebrantahuesos planeando contra el cielo azul y las semillas de bayas que llevaba aquí y allá, cargadas en las mollejas. Lo que las sequías se llevaron, lo que el fuego ha acabado de borrarnos de la memoria. Cuando miramos las brasas, pensamos y pensamos en lo que ya no está. También en la juventud, que ya no está.

Nos dicen que el entierro es mañana. Y hace un calor infernal. La Llorona solloza tanto que no hay quien la pare y Galatea se acuerda de cuando lo vio por primera vez, como si fuera un ángel de porcelana agrietada iluminando la negrura de la ceniza. La estampa que habían narrado en el lavadero las demás viejas, cuando chismorreaban sobre el joven de la ciudad que deambulaba por el pueblo, sobre aquel ángel de porcelana, decían, no era la misma, cuando lo conocimos nosotras, al volver de los fuegos: los ojos apagados y los pómulos marcados bajo la piel frágil, de un blanco de requesón agrio. Pero cómo íbamos a saber nada, nosotras, aunque es verdad que a Galatea le había parecido compungido, el muchacho, demasiado flaco, pero se confundía con los demás jóvenes agotados y ojerosos de sofocar los incendios y nunca se nos habría ocurrido, dice Àgueda, nunca lo habría intuido siquiera, cuando venía toda la pandilla a pasearse por aquí, que aquel mozo, una cosa preciosa de veras, podía llevar el bicho dentro. ¡Y todavía retruenan las voces de las viejas anunciando la llegada del ángel, Líton, ángel caído!

La Llorona rompe un grito, compungida, gimoteando en mitad de la iglesia, y ese olor endemoniado a incienso, tantos años, tantísimos, sin volver, ha murmurado Galatea antes de bajar al pueblo, solo lo haría por uno de los jóvenes, ha dicho, como Líton, volver al pueblo otra vez, y cuando la Llorona ha exhalado ese lloro afilado, ese lloro desconsolado, la iglesia entera nos ha apuntado, con los ojos de quien reconoce a unas viejas familiares y hemos pensado, al mismo tiempo, que una siempre regresa al lugar del que ha salido. Y, al acabar, cuando todo el mundo rumoreaba entre dientes como solo sabe hacerlo la gente de pueblo, Àgueda, congelada, ha dicho mirad, miradla, rápido, mirad a nuestra Rita, y la hemos visto salir de la iglesia como quien ve lo que apenas empieza a vivir.

EL RETABLO

[1] Una fotografía antigua, amarillenta por el paso del tiempo. Hay tres cuerpos. Su madre, cerca de Líton, sonríe. Tiene una cabellera larga y brillante. Hace un día ardiente. El sol fulgura en la nieve y Líton, pequeño, cierra los ojos, que queman. Su padre tira del trineo con una mano, se separa ligeramente de su mujer y su hijo. Líton tiene tres años, cuatro, casi. Es la primera y última vez que verá la nieve. La última nevada de la historia de la provincia. Y del país. Cuando la nieve se derrita, la tierra tendrá que esperar más de veintiséis meses para volver a sentir que un poco de agua la hidrata, que un poco de agua se filtra entre las grietas y llega a las raíces secas, antes de fundirse. Líton está a punto de cumplir cuatro años y su madre lo sigue con la fuerza con la que uno se aferra a lo que no quiere dejar que se vaya jamás.

[2] Un oso de peluche con la oreja rota. Su padre se lo regaló al volver de un viaje de trabajo. Líton lo abrazó cuando lo recibió y siguió abrazándolo todas las noches durante más de ocho años, como si esperase un milagro diario después de la oscuridad, al levantarse. Su madre lo

lavaba a menudo y se lo dejaba otra vez encima de la almohada, listo para volver al sueño. Una mañana, la luz eléctrica de un cielo muy claro lo despertó y Líton pensó que era su padre, que volvía de trabajar fuera durante unos días, pero no era más que otro día que se abría sin nubes.

[3] Una hoja blanca, arrugada, llena de firmas. Algunas dedicatorias más largas que otras. Una dice: «Mucha suerte en el Servicio, Líton, nos veremos a la vuelta. Fuerza». Otra: «Pensaré en ti desde el cuartel más lejano al que podían mandarme. Siempre arriba, tío». Y otra: «Solo serán unos meses...». Por detrás, en la cara de la hoja que se oculta contra la pared, una nota a lápiz, con una letra minúscula, casi ilegible: «Piensa en mí». La firma un chico de la ciudad con el que se había acostado varias noches.

[4] Una chincheta sujeta una pulsera a la pared. Es un trozo de bandera vieja, sucia. René la cogió del cuartel el día que celebraban la fiesta nacional en el Servicio, al amanecer, antes de escaparse con Líton al campo. Le había prometido que llevaría comida, bebida, que llenaría el depósito de la moto. Que se olvidarían del Servicio durante unas horas. Sentados delante del horizonte bañado en un dorado encendido, apoyados en una bala de paja, sacó la bandera de la mochila y la rasgó en tiras largas. Ató un pedazo al tobillo de Líton y le pidió que le atara otro a él en el suyo.

[5] Unas llaves, encima de un cenicero de cristal, en la mesita de noche. Son las llaves de la casa del pueblo. Los padres de Líton la compraron sin consultárselo. Una mañana se encontró un juego en la encimera de la cocina y

una nota en la que su madre había escrito que no estaban en la ciudad, que se habían ido a pasar la semana en una casa nueva que habían comprado en el pueblo del tercer valle. Era la mañana en que Líton volvía del Servicio después de un año fuera de casa. Llevaba la maleta llena, el pelo bien peinado y toda la ropa sucia.

[6] Una postal de una montaña verdísima. Un puente cruza el río, que fluye indiferente. No se distinguen las casas diminutas de la Colonia, todas idénticas, en unas calles estrechas, porque aún no se ha abierto la boca negra de la mina. En el valle está el pueblo. El cielo es azul. Una nube esponjosa e inofensiva imprime una sombra larga sobre la hierba. Líton compró la postal en el estanco del pueblo. La estanquera le confesó, mientras la metía en un sobre, que ella tampoco podía creerse que aquel lugar hubiera sido, hacía treinta o cuarenta años, así de bonito. Por detrás, Líton escribió: «Te echo de menos. Me imaginaba que te despedirías. Quiero creer que estás bien y que no te ha pasado nada. Me obligo a pensarlo a cada momento. ¿Cuándo podremos vernos?». En el momento de anotar la dirección, no supo adónde enviarla. René no le había dicho dónde vivía. Se la quedó.

[7] Una bolsita de plástico transparente con arena, un poco de confeti y alguna piedrecita. Mientras salía de la casa del medio del bosque, cerca del pueblo, con el resplandor de un nuevo día que acababa de empezar, corriendo con los demás jóvenes hacia las llamas, Líton se agachó y recogió un puñado de tierra. Había confeti de la fiesta. Tenía los ojos secos y la lengua deshidratada. El olor de los pinos afilaba el aire. Había sido una gran noche, tenía la sensación de haber conocido a alguien impor-

tante, aquella chica de la Colonia. Rita, se llamaba. Apenas había dormido y, justo cuando había sentido que el sueño se apoderaba de él, se había despertado con la alarma de los incendios. Se habría quedado allí plantado en medio del bosque indefinidamente, sin moverse, quieto, como un árbol más, pero el tiempo nunca descansa, pensó, y siguió a los demás jóvenes que bajaban al valle.

[8] Una ramita carbonizada descansa encima de la mesa, al lado de la jarra. Líton la cogió del bosque quemado el día que le anunciaron que se acababa su turno en los incendios, que ya podía volver a casa. Exhausto, se tumbó en el suelo humedecido, enfangado de ceniza y de agua, y se durmió de cansancio. Al despertarse, empapado, se llevó la rama que, mientras dormía, instintivamente había tomado con fuerza entre las manos. Cuando llegó a la ciudad, a casa, la guardó en un cajón en el que todavía encontró papelitos de confeti de aquella noche de hacía mucho tiempo.

[9] Un folleto del Museo de Historia Natural. Aparecen los horarios de apertura, el plano de cada sala, la imagen de un caparazón de tortuga centenaria, un fósil enroscado y un mineral transparente. En el margen blanco lateral, Rita había escrito el número de teléfono de su casa la primera vez que habían quedado. Estaban nerviosos. No habían hablado mucho. Se habían observado. En aquel momento, aún no se trataba de lo que sentían el uno por el otro, sino de lo que no sentían por ninguna otra persona que no fueran ellos. Mientras se abrazaban, al despedirse, Rita le había metido el folleto en el bolsillo. Luego había subido al tren que iba a devolverla al pueblo.

[10] Cintas de casete con canciones grabadas. En cada una de ellas, una pegatina blanca en la que está escrito, a mano, el nombre del grupo. Líton y sus amigos de la ciudad las grababan y se las intercambiaban. Por su cuenta, en casa, memorizaban las letras de los temas de moda. Habían acabado el Servicio, habían sofocado los incendios de la región y tenían ganas de bailar. Cuando llegaba el fin de semana, se encontraban en el mismo bar, desde donde decidían qué local explorar. De madrugada, con el cuerpo hipnotizado de movimiento y el deseo recuperado, perplejos con la luz de un nuevo día que volvía otra vez, se prometían encontrar la canción que habían descubierto aquella noche. Entonces, con la luz tímida que se mezclaba con la oscuridad del alba, Líton huía con algún chico que había conocido y que, seguramente, no volvería a ver.

[11] Una hoja seca. De lo seca que está, se distinguen los nervios, unos más gruesos, otros más finos, que se ramifican en la superficie frágil. Líton la arrancó de un árbol cuando visitó el invernadero con Rita. Durante el rato que les dejaron pasar allí dentro, observaron animales que no habían visto nunca, plantas que desconocían. El vuelo de algún pájaro batía las hojas de árboles tiernos. Una especie de humo se estancaba en el techo de cristal: era niebla. Antes de que los echaran, Líton tiró de una hoja de perfil extraño, monstruoso, y se la llevó.

[12] Una entrada de discoteca. Es de la primera noche en que Líton decidió salir solo, sin ninguno de sus amigos. Hacía tiempo que no sabía nada de Rita. Hacía tiempo que se habían perdido el uno al otro y, en el piso de la ciudad, intentaba evitar a sus padres. Con la música que martilleaba las paredes de aquel sótano, se confundía con

la mirada de los demás chicos. Volvía la cabeza hacia todas partes, cruzaba la mirada con otra mirada anónima, la evitaba, volvía, se decidía, seguía el camino que abría la espalda deseada entre cuerpos furiosos. Afilaba el deseo y se preparaba para rendirse ante el otro. Fuera, el viento doblaba las esquinas.

[13] Una estampa de una virgen. Una de las viejas se la regaló a Líton en el lado rocoso del lavadero, él le dio las gracias sin saber llamarla por su nombre. Líton subía a la Colonia de vez en cuando con amigos que había hecho en el pueblo, con otros jóvenes del Servicio, pero aquel día había ido para despedirse, antes de dejar la casa para siempre y mudarse con Rita a la ciudad. Solo una de las viejas lo intuyó, lo cogió del brazo con fuerza y, en un lateral del lavadero, le regaló la estampa que llevaba siempre en el bolsillo del vestido. Él contestó gracias, con aquel misterio aleatorio entre las manos.

[14] Un póster de un concierto en un gran estadio. Cuatro rostros aparecen entre la oscuridad con una luz picada. Las cuencas de los ojos ennegrecidas. Los pómulos recortados. Las barbillas partidas. Justo encima de la cabecera de la cama del sanatorio, esas caras acompañan la de Líton de una forma cómplice. Una tarde tras otra, los rostros se van asimilando, se van fusionando con la textura y con los ángulos pronunciados del joven. Rita y Líton lo compraron al salir del concierto, con la punzada de la adrenalina cuando se enciende y la emoción desbridada que llena la conversación de palabras sin sentido. Al llegar al piso, que empezaban a decorar con colores y muebles, lo colgaron sobre una grieta que atravesaba la habitación de Líton.

52

[15] Un haz de trigo en una jarra de cristal. Te he traído el ramo de casa para iluminar esta habitación, dijo Rita entrando por la puerta. Acababan de llegar al sanatorio, después de unos días en el hospital. Iban para quedarse. Rita deshizo las maletas, ordenó la ropa, desplegó el neceser en los estantes del baño y dispuso el manojo en la mesilla de noche. Tanta blancura hacía daño a la vista. Habría que esperar unos días para que la pared fuera llenándose como un retablo privado. Cuando lo miraba, sentada en la butaca, pensaba en la tarde en que lo habían recogido, cruzando campos secos de trigo, después de visitar el invernadero.

[16] Un rosario de plástico que trata de imitar el color del cuarzo. Su madre lo colgó de un clavo en la pared de la habitación aprovechando que Líton estaba en el baño, sin decirle nada, el día que se presentó en el sanatorio. Él lo descubrió porque Rita, extrañada, le preguntó por qué había decidido poner un rosario encima de la cama. Líton le contestó mintiendo que se lo había regalado una de las monjas, y, después de mirarlo, de fijarse, contempló a su madre persiguiéndolo en aquella fotografía de al lado. Su madre joven, con una cabellera larga y brillante. Él, que debía de tener tres o cuatro años. La impresión de ver en los ojos de su madre clavados en él la imposibilidad de irse, de huir. E intentó sonreír, con un poco de amargura.

SUEÑAN LAS SERPIENTES CON HUEVOS DE NÁCAR

René sintonizaba las noticias y las oía de fondo, sin escucharlas, solo para que le hicieran compañía. Antídoto para los días largos: el eco de las voces entrecortadas y sucias, el tono sereno y ligero, la calma de una cadencia repetida que se había convertido en una voz familiar, como si su madre acunara su cuerpo caliente de niño entre tantos libros y estantes de la biblioteca que abría todas las mañanas, entre semana, en el momento en que la luz se ofrecía al cielo:

Las reservas hídricas de las cuencas nacionales rozan el 15 %. Se registran los peores datos históricos. Se activan restricciones en toda la zona sur que pueden alargarse más de cuatro semanas.

Aquella mañana, René había tenido que levantarse como todos los días, ponerse el uniforme, hacer la cama, desayunar (café aguado, leche en polvo, tostadas de pan seco), formar en el descampado de delante del cuartel, con la espalda recta, el mentón levantado y el rifle a punto. Su familia le repetía, antes de que se presentara, con poco equipaje y mucho miedo, que era cura de humildad y trabajo de disciplina, y su padre le recalcaba que el Servicio te ordena las ideas y te aleja del sufrimiento innecesario. Pero de todos modos había conseguido hacerse un sitio discreto en la biblioteca que estaba en un edificio separado, en un rincón del recinto. Tampoco es que le interesaran especialmente los libros, y había evitado decírselo a su familia, el primer fin de semana de permiso: les hablaba de rutinas militares, de entrenamientos largos bocabajo y de una puntería milimétrica ante el blanco –y de fondo oía los disparos que rompían las nubes, los gritos de sus superiores, catalogaba libros sin entender de qué trataban, qué los hacía importantes, y ordenaba las fichas de los jóvenes que los pedían en préstamo (Edgar, Pinyera, Virgili, Mateu, maldito Mateu, y otra vez Edgar, que iba a menudo).

René había acabado de convencerse de la posición privilegiada que ocupaba aquella misma mañana, cuando, con el cuartel en formación y el cielo clareando contra el desierto, había descubierto que el chico más transparente del Servicio ya no estaba. Un vacío en su lugar. Un pedazo de tierra reemplazándolo. Silencio entre los jóvenes. Y el silencio alargándose en los dormitorios, en las letrinas, en el cuartel que era un descampado inmenso delimitado por muros en un descampado mayor todavía, sin límites. No se supo nada más de él. Solo el rumor encendido de si se lo habían llevado al pabellón trece, allí donde encerraban a los que enloquecían en el Servicio, o a los que habían demostrado un deseo desordenado, contra natura. Y no pasaron ni dos semanas antes de que los jóvenes lo olvidaran: el silencio alargándose en la memoria.

Pero René seguía pensando en él, por la tarde, mientras ordenaba papeles en la biblioteca, clasificaba las fichas de algunos libros prestados (Edgar, Pinyera, Virgili, Mateu, maldito Mateu), y se imaginaba bailando la música que sonaba en la radio, tarareándola suavemente. *Por decirlo de alguna manera,* cantaba el aparato, *solo quiero decirte que nunca podré olvidar,* y él seguía la canción con los labios y las manos, con las caderas, con el cuello al volverse para encajar un libro en la estantería. Y se detuvo cuando unas ondas ensuciaron la melodía y tuvo que mover la antena con delicadeza. Y al levantar la mirada, allí delante, como si nada, había un chico que lo esperaba, *nunca podré olvidar,* cantaba la radio, *nunca podré olvidar,* y lo atendió, con vergüenza, preguntándose si lo había oído cantar, si lo había visto moverse entre los papeles, entre los libros, *que nunca podré olvidar.* Por qué esa canción, se preguntaba, por qué, *la manera en que me lo dijiste todo sin decirme nada,* por qué había sonado ahora que el chico le pedía un volumen que desconocía, ahora que le buscaba los ojos y pronunciaba el título, como si le rogara algún deseo. Y René había tenido que bajar la vista, mover los papeles, los libros, disimular el latido en los dedos y devolverle la mirada respondiendo a su petición, resistiéndose a la mano temblorosa que se le alargaba para encontrar la suya, como si se pudiera encajar algo entre los dos. Lo siguió de reojo mientras salía. El chico, antes de cerrar la puerta, volvió la cabeza y lo buscó otra vez con la mirada azul de cielo herido. En la ficha que había llenado leyó un nombre desconocido: Líton.

Infección extraña en varios jóvenes menores de cuarenta años. Ocho de las víctimas murieron veinticuatro meses después del diagnóstico. Se desconoce la causa del brote y todavía no hay evidencia de contagios. Se teme que muchos casos hayan pasado desapercibidos.

Los días siguientes, en la biblioteca, René siguió pensando en el vacío que cubría al chico transparente, aquel pedazo de tierra que lo sustituía, como si hubiera estado preparándose desde hacía tiempo para aquello. Quizá por la incapacidad de limpiar de impaciencia el deseo, quizá por la capacidad de desear más que los demás. Animal sin alma, había gritado uno de los jóvenes en las literas, que era un animal sin alma, y René decía piedra, decía roca, que, más que animales, había algo de los jóvenes amontonados en el cuartel que era de piedra de cantera, de pedrisco esparcido por un valle. Indiferentes, cansados, ciegos. Y, mientras seguía con las fichas y los libros por ordenar, René pensaba que algunos de ellos sí que eran como animales, porque habían encontrado la calma en aquel lugar, habían alcanzado la perfección unos al lado de otros, pero otros jóvenes no eran como él, que siempre estaba buscando el punto exacto donde descansar, la posición más adecuada para acurrucarse y dormir, la palabra precisa que había que pronunciar, el tono para acompañarla.

René pensó en aquel chico, pensó como pensó también Líton. Ambos pensaron en él sin decírselo porque todavía no se conocían, pero tampoco se lo dijeron al conocerse porque habría sido como revelar en voz alta una amenaza que había que mantener callada. Poco a poco, el recuerdo fue convirtiéndose en un murmullo que no se sabía muy bien si había pasado o no, porque el tiempo en el Servicio era elástico y brumoso, y diez días después ninguno de los jóvenes habría sabido decir si llevaba allí dos años o dos semanas: el silencio aún se alargaba en el tiempo, en la memoria.

En él pensó René y en él pensó Líton. Pensaron en él por separado de una forma que no sabían si formaba parte del relato que los uniría, pero también es cierto que Líton había visto a René, cuando se volvió hacia aquel pedazo de tierra que rompía la fila perfecta, tan regular; había vuelto la vista y al otro lado del vacío estaba René, indiferente, como si hubiera entendido, antes que los demás, qué escondía aquel silencio. Un silencio que hacía de obús, de mina, de granada. El silencio explosivo y el alud de piedra seca, las rocas, hacia abajo, como si nada fuera importante, como si todos los jóvenes fueran eternamente sustituibles. Piedras de cantera, René, pedrisco esparcido por un valle.

La sequía pone en jaque el suministro de alimentos a gran parte de la región sur del país. Las recientes sequías son las peores de los últimos años, amenazan las tierras más fértiles y tienen efectos a varios metros de profundidad. Las restricciones se prolongan sine die.

No fue una escena de sexo urgente. No fue una escena que uno de los dos pudiera narrar después con la brutalidad con la que narran los hombres, pero tampoco fue un fotograma memorable, ni el fracaso de la luz nocturna, ni el olor, ni el cuerpo del otro. Tampoco fue el ambiente, que se acercaba más al pecado y al furor, a una prisa que se alarga como se alargan los minutos cuando la carne pide más, ni la atmósfera criminal. Nada ayudó a hacer de aquel un momento que se recuerda para siempre, aunque había algo que sí pedía ser evocado, más adelante, algo que debía de ser el ímpetu amoroso y el cuerpo desnudo del otro, delante, un cuerpo que no se esfumaba al desearlo. Y entonces todo era un grito para aprovechar el tiempo, para recogerlo contra el peligro, porque en aquel instante, que era un solo instante y eran todos a la vez, el peligro ya no existía. Y la felicidad. Y aquel dolor de no ver pasar el tiempo.

Daba igual que el beso, que el beso y lo que iba después, pudiera unirlos como una mancha que gotea, daba igual porque cada uno seguía muriéndose a su manera y el mundo seguía creciendo mientras no dejaba de acabarse. Olvidaban que la sangre era escandalosa. Entonces no existía la sangre, ni el castigo, ni la amenaza del pabellón trece, el pabellón más lejano. Y también olvidaban que en nombre del amor, aunque sea un amor breve de juguete, de cuenta atrás, de pajarito mojado, un amor de alegría contenida, como de feria, que en nombre del amor a menudo se toman decisiones desacertadas. La historia es la que es y sabe perfectamente lo que hizo, podrían haberse murmurado al oído, uno encima del otro. Tampoco pensaban en otros chicos como ellos, ni en las cosas que debían de estar haciendo sus padres en aquel preciso instante, en la ciudad, ni en las paredes de las letrinas, sucias y pegajosas, donde el dolor reaparecía cada cierto tiempo. Y Líton le tapaba la boca, con una mano, y con la otra se apoyaba en la pared, borrando el dolor que ahora volvía a crecer como una mancha húmeda.

René callaba, había discreción y no había vergüenza, era como si la vergüenza de pronto se hubiera fundido. Ninguno de los dos decía yo te la meto, yo te muevo así, yo te aguanto, yo te destrozo, amor. Y no había palabras feas porque no había pensamientos feos, y las palabras crecían poderosas, grandes, porque también crecían los deseos. Y allí estaban los dos, en el espacio invisible de las letrinas, en una esquina que tampoco les permitía esconderse, si entraba alguien, pero estaban convencidos de que no pasaría, de que el mundo se había detenido, de que era como si se contaran el uno al otro el futuro, sin preocuparse por lo que quedaba fuera, que eran soldados, rifles cargados contra una pared, el uno al lado del otro, y uniformes doblados al pie de todas las camas, mientras los demás jóvenes dormían y respiraban pacíficos bajo las sábanas.

Líton cayó de rodillas, las piernas notaron el agua sucia que cubría el suelo, que también debía de ser orina y mierda, pero les daba igual, y René aprovechó el movimiento para cambiar la postura, para sujetar a Líton por las caderas y seguir. No les importaban el olor, el lugar, el ambiente de pecado y furia, porque su sexo siempre se mezclaba entre historias crudas de pecado y furia, de semen y orina y de mierda y sangre. Era como si se repitieran que la sangre no es escandalosa, ahora no, René se encontraba a punto de ser feliz, y ya estaba dentro de Líton, y entonces ya está, se dijo, y Líton lo necesitaba un poco más, solo un poco más, y de repente también dijo ya está. Y no sabían si había sido una escena de las buenas o no porque la oscuridad cada vez más extinguida y la luz disimulada de la luna que entraba por la ventana mal cerrada habían acelerado el movimiento.

Había sido rápido. Su forma de amar siempre venía mucho más tarde, después de las miradas, del reconocimiento, de la aprobación del riesgo, de la búsqueda del lugar oculto, del pacto del dolor. Y eso podía durar días, semanas, no era veloz como los hombres y las mujeres que se miraban y se unían: primero uno andaba detrás de otro, lo seguía, le preguntaba por el tiempo, evitaba el nombre, le preguntaba la hora, si vivía cerca, si conocía la zona y, finalmente, más tarde, llegaba el placer. Su forma de amar, había pensado Líton tantas veces, era un baile de máscaras en un salón repleto de gente, como si, al mirarse, los ojos decidieran trabajar. Un amor que venía después de las palabras.

Pero había sido rápido, esta vez, rapidísimo, Líton lo había visto la mañana en la que, al formar filas, se había abierto un pedazo de suelo entre los dos. Los ojos se habían encaminado por la luz que golpeaba la arena dorada, y esa misma tarde se había presentado en la biblioteca para coger en préstamo un libro cualquiera. La radio cantaba *la manera en que me lo dijiste*, y René la seguía con los labios, con las manos, con el cuerpo, mientras Líton esperaba sonriendo a que levantara la vista y se lo encontrara. *La manera en que me lo dijiste*, un libro cualquiera simplemente para verlo y mirarlo, o para mirarlo primero y verlo después, *la manera en que me lo dijiste todo sin decirme nada*. Y más adelante ya se encontraron en las letrinas: Líton lo siguió cuando, en la noche anclada, sin una linterna para abrirse paso, René se levantó y salió del pabellón, hacia los baños, *sin decirme nada*.

Relaciones íntimas sin protección o suciedad innecesaria: dos de las conductas de riesgo que se esconden detrás de las causas. Empiezan a detectarse los grupos de peligro. Dejando a un lado esos grupúsculos, no hay que preocuparse por el contagio. Las autoridades insisten en que hay que mantener la calma.

Llegaron semanas de silencio. René no sabía por qué, pero se le había quedado dentro una vergüenza que le impedía hablar con él. Era una cosa medio sucia y medio callada: bajaba la vista cuando se cruzaban por el patio, seguía trabajando en el archivo si Líton se presentaba en la biblioteca, volvía la cabeza al coincidir con otros chicos en las letrinas y buscaba los rincones más alejados de la ducha. El sentimiento no lo puede todo, ni tampoco la voluntad, y René no quería dejar crecer el miedo que arraigaba en forma de pregunta, y así evitaba a Líton, huía de sus ojos azules que lo interrogaban. El sentimiento no lo puede todo, claro, ni tampoco la voluntad, pero brotan asilvestrados si uno los entierra. Y las semanas de silencio dejaron paso a un acercarse bravísimo –más noches prohibidas en las letrinas, el control calculado de las miradas, nuevamente el ímpetu, también el cuerpo del otro haciendo de utensilio, escenas de amor que herían porque el abrazo y el beso eran pura necesidad, solo un escalón para acelerar el desenlace cuando cada uno se concentraba en conseguir su propio placer: amándose como quien pide auxilio.

Todavía se miraban con una cara de espanto que no ha dejado huella. Eran jóvenes, debían de pensar. Pero no se trataba de eso, ni de la emoción fuerte que los atravesaba de arriba abajo (llamadla amor, Líton y René, a esa sombra tan poco conocida), y lo que querían no lo tendrían, entonces, ni tampoco más tarde. Les habían dicho muchas veces que solo se trataba de saber qué deseaban. Y Líton acabaría por encontrarse, más adelante, buscando en muchos cuerpos, lo que ya había encontrado en uno solo, aquel (míralo a los ojos, Líton, piensa que el cuerpo de René es un lugar del que puedes formar parte, que buscarás su cara en todos los rostros nuevos). Eran jóvenes, debían de pensar. Pero no se trataba de eso, ni del encaje de uno delante del otro (decíoslo, amar no es otra cosa que encontrar la figura que llevas tanto tiempo imaginando): era la quietud con la que se aman pocas cosas. Líton y René amándose como se aman pocas cosas. Porque lo hacían en silencio, cuando nadie los oía, cuando sus palabras de amor descansaban, calladas, entre los dos. Porque las palabras de amor solo son grandes y poderosas cuando los enamorados se las dicen entre ellos: el amor se deshace cuando los demás lo empiezan a escuchar.

Los expertos advierten de temporadas de sequía más severas y extremas en el futuro. Este año tampoco se espera que haya temporada de lluvias.

Tan importante era lo que retenían como lo que olvidaban, se repetía Líton recostado en una bala de paja mientras las piernas de René colgaban desde arriba. El horizonte se alargaba como una mancha de un color castaño y neutro. Más balas punteaban el paisaje y, a la derecha, se abría un campo de girasoles secos que miraban al suelo como si la luz permanente que tenían encima, el muro de calor, los abatiera. Ojalá quedaran bandadas de pájaros para tapar el sol y ofrecer una tregua de sombra... Eran dos cuerpos que se movían con ligereza, el contraste de René y Líton medio desvestidos, con la ropa haciendo de mantel sobre el suelo árido y surcado. Un campesino araba el campo a unos centenares de metros con la tonada regular de los animales que arrastraban el arado. Un campesino cruzaba el paisaje como si fuera un cometa lento que manchase el firmamento. Líton se decía que tan importante era lo que retenían como lo que olvidaban. Con eso, seguramente, se convencía de que no le faltaba el lugar del que había salido, su origen, reposando con los ojos cerrados para fingir que volvía a nacer.

Es tan vasto, el silencio del campo. Y tan despoblado. En vano, recostado contra el haz de paja, acariciándose la rodilla descubierta, Líton intentaba trabajar para no oír aquel silencio, pensaba rápidamente para disimularlo: en el cuartel siempre había un murmullo, un martilleo, los disparos en el campo de tiro, la lucha de espadas de los cubiertos en la cocina, el extractor que se tragaba el humo, los ronquidos de los jóvenes agotados. Pero allí el silencio no dormía. Si al menos se oyera el viento... René se levantó, se quedó de pie encima de la bala, abrió los brazos en cruz y gritó. El eco se multiplicó por el valle. Líton lo miró desde abajo: se recortaba en forma de sombra contra el azul del cielo y, más allá, el campesino araba como si no hubiera oído nada. Como si el grito de René hablara por boca de aquel lugar. Parece que te gusta el campo, le había dicho René, algo distante. ¿Te apetecería ir? Mañana podrías acompañarme. Cogemos la moto y vamos. ¿Qué me dices? Fiesta nacional. Eso quería decir que izaban banderas todavía más altas. En el cuartel sacaban las bombonas de butano a los porches y cocinaban callos con salsa en cazuelas de hojalata, también daban lustre a las cornetas para tocarlas a lo largo del día y desempolvaban las botellas de alcohol que tenían escondidas en lo alto de los armarios. Ningún general pasaba lista, tampoco los hacían madrugar. El orden establecido se deshelaba. Líton le dijo que sí. Saldrían del cuartel y nadie lo notaría, confiarían el uno en el otro porque lo necesitaban, hablarían como si se hubieran regalado el uno al otro. Hablarían. Eran jóvenes y no sabían callar. Prepararían un ambiente perfecto para el amor. Se salvarían. No profundizarían demasiado en lo que les pasaba, en lo que sentían. Caminarían por campos mal labrados, buscarían la sombra al lado de las balas de paja, comerían queso con pan, beberían vino y fingirían que podían construir un nuevo relato. Sus cuerpos se unirían con el paisaje, buscarían su continuidad, no querrían encontrar el sitio, sino hacerlo ellos mismos al desplegar los platos, los vasos viejos, el pecho descubierto al sol. Festejarían el lugar particular y único en el que vivían, aunque fuera solo durante unas horas. Se repetirían su historia, aunque fuera solo para acordarse de que seguían existiendo.

Líton se levantó para mirarlo de cerca. René se recortaba en forma de sombra contra el azul del cielo y, más allá, el campesino araba como si no hubiera oído nada. Líton sonrió. René se descolgó del bloque de paja y se sentó a su lado. Cortó el trozo de queso y llenó los vasos de vino. Era la primera vez que se encontraban solos. También era el principio de los fines de semana de permiso juntos en los que la motocicleta rozaría la noche para llegar al cuartel al despertar el día. Pero era la primera vez que se encontraban solos y tocaba empezar por el principio, si es que podían, que también quería decir, para Líton, imaginarse los ojos de René al decirle de dónde era, quiénes eran sus padres, lo que veía desde el ventanal del comedor. También quería decir, para René, contarle cosas que no quería repetirse, abrir un secreter hasta entonces blindado, encontrar en el rostro de Líton lo que trataba de ocultar de sí mismo.

Así pues, cada uno contó lo que quería escuchar, Líton le habló de lo que sabía entonces de la vida en los pueblos, sin haber estado nunca, de unos padres que trabajaban de sol a sol, del cansancio, de la fatiga, dijo tedio y dijo agotamiento, también habló de otros chicos a los que había amado con más o menos fuerza en iglesias, en casas abandonadas, en pajares de techos altos junto a caminos que conducían al campo. Y esto último lo llevaba a la verdad: locales anónimos, en la ciudad, barrios alejados de casa, sótanos de bares medio clandestinos y casas de desconocidos que, al levantarse, no sabía ubicar. Y lo que le estaba diciendo de verdad a René era ayúdame. Y sácame de aquí. Y por favor. Y haz que esto tenga un poco de sentido. René, mientras tanto, tuvo tiempo de construir una contrahistoria de cuando todavía no se conocían, pero tampoco sabían qué era cierto y qué no era cierto de sí mismos: dijo pueblo para no llamarlo barriada, dijo padres para no llamarlo ausencia, y de otros chicos no dijo nada porque se sentía todavía inexperto, como si el deseo no fuera con él. Los dos relatos encajaban con la imagen que tenían el uno del otro. Eran ellos dos. Un paisaje. Fiesta nacional y en el cuartel los jóvenes tocaban la corneta y se quemaban la garganta de tanto beber. Líton se preguntó qué haría René si descubriera su mentira. René no pensó en eso, porque aún resonaba en su interior su propia voz describiendo una vida que no existía.

Y fue un sonido lo que los interrumpió, un sonido y, a continuación, la llegada de una oveja. Los olió y olió también la ropa en la que había habido comida. Líton la acarició como si ya hubiera acariciado a otras, y la oveja siguió adelante. Después llegaron más que ya no se detuvieron y siguieron a la primera, dejándolos atrás, como si se hubiera abierto un sendero en el descampado. Y ya no eran dos ovejas, ni tres, ni decenas, era un mar de ovejas que se movían a la vez, haciendo latir el campo, centenares de ovejas que engullían el ruido en la falda de la montaña, dirigiéndose hacia la derecha, pisando los girasoles secos con las pezuñas, rebuscando alguna hierba tierna entre las grietas, olvidando el destino, si es que había destino, la dirección. Y el camino iba haciéndose a su paso, como el sol había hecho la tarde, y el labrador había hecho la tierra, y Líton y René se habían hecho ellos mismos, con las palabras, como rezando.

La odisea de una nueva enfermedad. Neumonías, sarcomas y agentes infecciosos son señales de alerta. Los especialistas hablan de focos controlados en una población reducida y específica.

67

Les dijeron que el fin de semana de permiso sería un fin de semana de revisiones médicas. Los jóvenes se dividían según su origen y los mandaban a la ciudad más cercana. Dos días enteros para examinarles los ojos, los tímpanos, para revisar cada uno de los dientes, extraer muestras de sangre, auscultar el latido del corazón –el bombeo rítmico de un corazón joven, que pide, que exige–, inspeccionar la piel en busca de manchas sospechosas –de fondo, el bombeo rítmico de un corazón joven–. El ruido de los últimos meses se transformó de golpe en un silencio que caía sobre ellos, el silencio que convertía a los jóvenes en viejos que esperan, porque esperar es lo que hacen los viejos y lo que agota los cuerpos. Líton, sentado en la silla, esperaba como si lo hubiera hecho toda la vida, y quizá era cierto que había esperado siempre y que, después de esperar una cosa, había tenido que esperar otra. Habría podido pensar que aquel fin de semana sus padres estaban en la ciudad, que él esperaba mientras sus padres esperaban a unos centenares de metros y la espera los unía, los religaba. Mis padres, habría podido decir, y se le habría hecho raro pensar en sus padres como propios; sus padres, que lo llamaban hijo como si se hubieran olvidado de su nombre.

El frío metálico del estetoscopio lo había despertado, sí, lo había desvelado de la noche tan densa que era aquel sábado nublado. El calor caía sobre él, y también la añoranza de ahora al sentirse separado de los demás jóvenes, desarraigado del lugar, perdido. Cruzó el pasillo blanco, subió los escalones, de uno en uno, abrió la puerta de otra consulta, miró los edificios por la ventana y esperó a que le encontraran la vena viva bajo la piel. Habría podido pensar que sus padres estaban en la ciudad, pero Líton pensó en los rifles cargados contra una pared, uno al lado del otro, en el cuartel, en los uniformes doblados al pie de todas las camas, mientras los jóvenes dormían y respiraban pacíficos bajo las sábanas; pensó en los corazones latiendo al unísono, allí en el pabellón, en los árboles de un bosque inclinándose a la vez e indicando la dirección del viento.

La aguja ya estaba dentro de él y la sangre subía por el tubo de plástico. Tan solo unas horas fuera del Servicio y era como si fuese una vida que podía no haber existido nunca porque no quedaba ningún rastro de ella: ni una fotografía para decir que aquello había pasado –los gritos que los despertaban por la mañana, las letrinas, también el vacío que había dejado aquel joven transparente, René, los fines de semana de permiso, el descampado. Como si el tiempo tuviera la fuerza de separarlo de los demás, también de sí mismo, de otro Líton que existía solamente dentro de los muros del cuartel.

Después volvió a esperar, sentado en la silla. Y, al día siguiente, más pruebas. Por la tarde, la enfermera tenía que salir a comunicarle que todo había salido bien, que podía irse. Y la enfermera se acerca, Líton descruza las piernas, se levanta, la mira, ella busca el nombre entre los papeles, sigue una línea con el dedo índice, lo mira y le dice que todo ha salido bien, que puede irse. Pero la espera no acaba nunca y Líton se queda dormido en la litera, después de quemarse los ojos mirando durante horas el bastidor metálico del somier medio oxidado, y pensando que René volverá mañana, que René volverá mañana como han vuelto todos los jóvenes que duermen en su cama. De noche, la luz plateada de la luna ilumina las paredes del cuartel. Con la quietud de la oscuridad y la claridad que entra en la habitación, con las sombras afiladas que se extienden por el techo, Líton piensa que René volverá mañana. Y el mañana llega. Y después de ese mañana, otro, y siempre es mañana porque siempre llega un día después de otro día y la diferencia se convierte en costumbre: René no vuelve. Les quedaba el último trimestre de Servicio y René no volvió.

No quería, Líton no quería y se preguntaba si aquella cosa invisible atrapaba a René sin escapatoria dentro del cuerpo. Si aquello de lo que nadie sabía nada lo fundía por dentro. Si René se convertiría lentamente en una masa de carne involuntaria y en un nombre vaciado de historia. Si echaría de menos la vida que iba a perderse desde la cama, derramándose como se derrama el agua, como se derrama la arena. Si con el paso de las semanas tendría la carne fundida, las mejillas chupadas, la piel de debajo de los ojos caída, que es como se hablaba de aquellos enfermos, la clavícula marcada, los brazos delgados. Si moriría sin tener que pasar por el insulto de la vejez. Si recordaría el nombre de Líton. Si tendría vértigo de irse por la soledad con la que lo dejaba viviendo. Si cada día se empequeñecería un poco más. Si desaparecería.

Pero quizá no. Nadie le había pedido que se hiciera cargo del cuerpo herido de René, aunque fuera solo de pensamiento. Y se dijo que no, que René había tomado otro camino, huyendo de la herencia envenenada, huyendo también del cuartel, de la cantina, de los catres en hileras, de los jóvenes amontonados como animales. Y que cruzaba los valles en busca de un pueblo más amable, se olvidaba del Servicio carretera allá, mientras la radio cantaba, con el volumen bajado, de fondo, *por decirlo de alguna manera*, y de fondo también un paisaje nuevo, más verde, donde la noche era suave y luminosa, *solo quiero decirte que nunca podré olvidar*. Y Líton, mientras, les hablaba de él a los demás jóvenes, sin decir su nombre, sin describirlo, *nunca podré olvidar la manera en que me lo di-*

jiste todo, y nadie entendía de quién hablaba: la ambigüedad lo salvó, la desesperación, *sin decirme nada*. La sonrisa amarga de incomprensión de los demás jóvenes, *sin decirme nada*. También la voluntad de evitar el duelo, el largo tiempo que precede al olvido. Los ojos brillando siempre que se repetía su nombre por dentro, *sin decirme nada*. René: el perfil entrevisto en la luz dorada por primera vez, el perfil recortado contra el cielo pesado de luna llena. René: un símbolo de su propia destrucción, *sin decirme nada*.

Las autoridades dan por controlada la crisis política y social provocada por las sequías. Se activa el nivel máximo de riesgo de incendios en toda la región.

ABANDONAR UN FUEGO

Empieza por lo que ve. Este bosque es un infierno, desde hace tiempo. Esta ceniza. Este cielo negro, sobre él, la temperatura que sube, cuando se adentra, el cuerpo empapado de sudor frío. Se llama a sí mismo Líton por dentro y el nombre le resulta extraño, como si nunca hubiera sido suyo del todo. Está helado. Le gustaría coger la mano de alguien, tener fuerzas para hacerlo. Alguien que reconociera los ojos de detrás de la máscara, detrás del casco, detrás del humo. Alguien que lo mirase a los ojos, como si lo entendiera. Busca a sus compañeros, es como si hubieran aprendido a hacerlo juntos, a apagar un fuego no te enseña nunca nadie: cada uno en el Servicio, fingiendo simulacros de incendios que no podían apagarse, las mangueras sin agua y el desierto sin árboles, intentando entender cómo se cala el fuego y cómo se apaga, algunos chicos más solos que otros, pero él siempre con René cerca, porque lo acompañaba como se acompaña a los niños frágiles. Y le parece verlo, entre las brasas, René, su René, sin el equipo, andando con la ropa del Servicio, acercándose a él, con los ojos cansados pero brillantes todavía. Le escuece una herida en el labio, el sudor frío y salado se mezcla con la carne viva.

Respirar es un esfuerzo, ahora, respirar otra vez, otro minuto, y otro más. Es como si el oxígeno no llegara a los pulmones, como si no hubiera oxígeno, como si se hubiera olvidado de lo que hay que hacer para respirar. Intenta hablar, demostrarse que está vivo, el cuerpo calla, articula monosílabos, la voz lo agota. La voz se agota. Las palabras se van con él. Las brasas se reflejan temblorosas en la máscara que le cubre los ojos. Piensa en el cuerpo que queda detrás del equipo, en los músculos cansados, en el sudor cada vez más frío, en la piel llagada, en el sudor que gotea entre los pelos, en los bronquios diminutos, encogidos bajo el peso del humo y el esfuerzo que hacen para respirar, para rebelarse. Ahora sí que llega un recuerdo, o un pensamiento, no lo sabe, no sabe si ha existido o es una invención, como un aguacero en la sequía, y el recuerdo, o el pensamiento, es para Rita: la conoció la noche en la que empezó el fuego. Era una fiesta a la que lo habían invitado. Tenía ganas de bailar porque bailar quería decir volver a la ciudad, quería decir olvidar el Servicio, quería decir no haber sabido nunca quién era René. Se miraron, Rita y él, y bailaron. Después, llegó el fuego. Se ha ido, el recuerdo o el pensamiento. No sabe por dónde seguir, de tan cansado se siente ligero, de tan cansado se siente pesado, el corazón le late en los ojos y se hunde en el suelo, el sudor lo vacía por dentro, lo abre en canal. El corazón le late en el pecho, entre los pulmones. Nota el corazón entre los pulmones. Se mira los brazos, el neopreno ignífugo y rojo manchado de hollín y de agua sucia. El corazón le late en el corazón. Sigue un ruido que viene de lejos, cae un pino sobre las brasas, lo ve caer contra el tizo y ve también las chispas que despierta, la tierra removida por el movimiento, pero el fuego ya no renace. Se está extinguiendo. Se está acabando. El fuego se está agotando.

Vuelve la vista hacia las manos, sus manos cansadas, hacia la negrura del hollín que escala los brazos y se extiende por el pecho. No quiere esa imagen, antes de irse. Quiere pensar que lo esperan en alguna parte, pero no sabe dónde, tampoco sabe quién. Si cuando volviste del Servicio tus padres no te recibieron en casa, piensa, si ahora en el pueblo no eres nadie, si tienes tu cuarto vacío y no sabes qué hacer para llenar el tiempo. Si cuando te miras en el espejo no entiendes cómo has llegado donde estás. Tú, que querías vivir lo más lejos posible de tu propia mirada señalándote. Ahora ya no hay ningún pensamiento, ninguna idea, ninguna palabra, no hay nada en la cabeza, no hay nada en los ojos, no hay nada delante ni nada detrás. Oye la sirena que anuncia el final. Se ha acabado. Cierra los ojos. Una respiración fuerte, un latido desde el pulmón, entre las costillas frágiles: lo escucha como si no saliera de su cuerpo. Ha cerrado los ojos y respira. Se aleja de esa ciénaga de ceniza y se tumba, exhausto, en el suelo. Todavía con el ruido de la sirena como de engullida, de aliento fuerte, como de una bocanada de agua fría que baja por el esófago. Se duerme y, en mitad del sueño, instintivamente toma con fuerza una rama carbonizada entre las manos.

MIS NOCHES SE ACABARON UNA MAÑANA

19.02 h

Enciendes la luz del baño para que la sombra no se te
coma. Ha ido oscureciendo y ni te has dado cuenta. El invierno encima y no hace frío, pero lo que no te gusta, lo
que no soportas, es que los días se acorten tanto. Te parece que vives en la oscuridad. Venga, Rita. Si te propusieran
vivir en otro sitio, dirías que sí, que querrías, pero que no
tendrías el valor necesario, porque sabes que cuando te va-
yas de esta barriada no volverás ni para visitarla. Es demasiado triste, volver a un sitio del que siempre has querido
huir. Es demasiado triste, volver a un sitio donde has sido
feliz. Sales de la ducha. Borras el agua condensada del espejo con la toalla y te ves. Te pones la camiseta y te miras
de perfil. Giras la cabeza para verte como te verán los demás esta noche. Te sientes un poco nerviosa. Dudas si coger una camisa de pana por si refresca, pero ya hace muchos inviernos que las temperaturas no varían y que se
sabe que es invierno solo por los días encogidos y las noches largas. Puede que así la fiesta se alargue más de la
cuenta, que la oscuridad dilate el frenesí y la música, y solo
cuando se haga de día, ya bien abierta la mañana, cada
uno vuelva a su casa. Decides coger la camisa de todas for-

mas, por si acaso. Antes de salir del baño te haces la raya de abajo y esparces una sombra oscura en los párpados. Te remueves el pelo con los dedos y te miras desde el otro perfil, volviendo la cabeza. No quieres encontrarte a Lena.

19.02 h

Antes de que salgas de casa, tu madre llama ¡Líton!, te pone bien el cuello de la camisa y la proximidad del gesto te hace sentir ligeramente culpable de no sabes qué. Es como revolver el pasado: el tacto suave de las manos y la gomina con la que te cubría el pelo, en la nuca se rebelaban algunos rizos y, cuando te mirabas en el espejo, no te gustabas porque te veías como un soldadito, un niño que se disfraza de militar, pensabas, preparado para ir al Servicio, y te veías la cara grande, la frente ancha, demasiada carne a la vista. Tratas de fingir normalidad, coges las llaves del plato de cristal de la entrada y te vas. La casa todavía está medio vacía. Tus padres la compraron mientras estabas en el Servicio porque decían que en la ciudad se agobiaban. Al volver, empezaste a ir a verlos. No conocías a nadie, pero tampoco te asustaba la idea. Necesitabas calma, airear la mente, intentar no pensar en las últimas semanas y en la despedida forzada de lo que había pasado. Venir te ofrecía la sensación de empezar de cero. Como si realmente se pudiera empezar de cero. Este es el sexto fin de semana que has decidido venir. Quieres pensar que no, pero sabes que algunos jóvenes del pueblo ya se han fijado en ti. Has ido a la panadería, te han hablado de las viejas cotillas de la Colonia, sabes dónde está la mina, la señalas recogida montaña arriba, crees que empiezas a conocer las leyes invisibles que existen en todos los lugares, también en este.

19.18 h

Primero tienes que bajar de la Colonia al pueblo. Después tienes que subir del pueblo al bosque seco. Te preguntas si en la fiesta de hoy habrá algún problema. Unos chicos de la Colonia te han prometido que no, que solo van amigos, y amigos de amigos, y que el sitio es difícil de encontrar. Ellos te han invitado, han insistido, y has decidido ir después de dudar mucho: las horas se parecen tanto, cuando trabajas. Te diriges hacia el bosque, desde donde cogerás un sendero que lleva a la casa. Antes de continuar, desde ahí, buscas por inercia la Colonia: ves la sierra en el horizonte, una montaña más borrosa detrás de otra montaña, y detrás de ella, otra montaña más desdibujada. Los ojos se te van valle arriba, reconoces las calles estrechas, el lavadero en el que se reúnen las viejas. Te preguntas si recordarán algo de ti, aunque solo sea tu sombra. Te vuelves y echas a andar. Y no sabes por qué, pero estás convencida de que Lena no estará.

19.54 h

Piensas que quizá vas a llegar demasiado pronto. Te dijeron que la gente empezaría a aparecer a las ocho y media, pero te daba cosa llegar tarde, que todo el mundo se conociera ya y quedarte arrinconado. Venga, Líton. Coges el camino que te han indicado, cruzando una parte del bosque seco, y echas de menos no poder mirar tu reflejo en un cristal, como en la ciudad: colocarte los rizos en su sitio, estirarte la camiseta para borrar las arrugas. Confías en ti. Tanta gente junta te pone nervioso, pero confías en ti. No sabes si recordarás cómo se baila. Te repites que el cuerpo tiene memoria y que nunca se desaprende a bailar.

Te resultará raro, piensas, beber sin que sea a escondidas, como hacíais René y tú los fines de semana de permiso. La tarde por delante, dos botellas de vino y para dentro hasta que ya no sabíais qué hora era, dónde quedaba la moto, cómo deshaceros el uno del cuerpo del otro. Te tocas los bolsillos porque no sabes si has cogido las llaves. Las tienes. Sigues caminando. Miras al cielo, que ya está oscuro, y la luna te indica el camino, abriéndose paso entre las ramas, sin ninguna hoja en los pinos muertos, el cielo es una telaraña de ramas secas que se enroscan y la luz de la luna platea los troncos como si fueran pilares de ceniza. Sigues andando y, al final del sendero, empiezas a intuir la casa. Un eco suave. Luces de colores. El suelo latiendo ligeramente. Los perfiles recortados en las ventanas relucientes. Haces una respiración profunda, muy profunda, estiras la camiseta y acabas de enfilar el tramo que te queda para llegar, acortando por una senda abierta entre bojes secos.

21.29 h

Crees que quizá has llegado demasiado pronto. No conoces a nadie y hace rato que rondas por la casa para evitar sentarte y hablar con algún desconocido. Hay gente de otros valles y gente de la ciudad, también, pocos jóvenes del pueblo. Ahora lo sabes: Lena no está. Has cogido unas tostadas y un poco de queso que te has comido poco a poco, has intentado disimular que no llevabas nada más que una botella de ginebra empezada que has encontrado por casa. Confías en ti. Te da un poco de cosa tener que entrar a hablar directamente con alguien, pero confías en ti. Al final te animas. Una chica esbelta que te mira desde arriba, agachando la cabeza. No parece que le intereses mucho. Evitas decir tu nombre, porque decir Rita es como decir: soy la hija de un minero. La hija de un minero que vive en la Colonia. La hija de un minero que vive en la Colonia y hace de hija, de hermana, de madre, de madre de su madre, y tiene los dedos llagados de tanto coser y el corazón encogido de estar tan sola. Evitas decir tu nombre. Qué ganas de huir, piensas, de irte de aquí para siempre, de olvidar este pueblo, y la Colonia, y no tener que volver nunca más. Mientras te cuenta que se ha ido a la ciudad a estudiar, que quiere hacer lo mismo que su padre y no sabes cuántas cosas más, escuchas el murmullo de fondo de unos chicos que hablan de Líton, Líton, piensas, el chico aquel que ha llegado hace poco del Servicio y que es como un fantasma que señorea por el pueblo, en boca de todo el mundo, y dicen que va a venir, que esta noche va a venir, que lo han invitado. Te lo imaginas de un blanco de plomo, con los brazos fibrados pero delgados, las venas casi lilas, las piernas largas y la mirada limpia. Es así como lo describen. Afirmas con la cabeza y dices que sí, que bien, ah, sí, sí, claro, de acuerdo, mientras, en tu interior, se erige la figura de Líton, el contorno, de los pies a la cabeza, que tiene unos rizos definidos, y gira, su cuerpo gira como si estuviera encima de un torno y él fuese una estatua y tú, con el pensamiento, lo fueras esculpiendo. No sabes cómo, pero la chica ha desaparecido y ahora habla con otra persona. Tú coges una tostada, extiendes una pasta marrón y te la comes, pero, con cada mordisco, el crujido de la tostada te impide seguir escuchando la conversación de los chicos y decides salir de la cocina, entornar la puerta, ir hacia el comedor, donde empiezan a subir el volumen de la música.

Hay una chica que baila despreocupadamente. Se ha descalzado, se le ha deshecho el moño, el maquillaje se le ha corrido por la cara, como si llorase lágrimas negras. De la boca le cuelga un cigarrillo y te hace gracia ver cómo inhala, chupando las mejillas para dentro, mientras trata de peinarse. Te acercas y, sonriendo, le quitas el cigarrillo para darle una calada. Te sonríe. Vas a probar en otro rincón de la casa. Te parece ver a un joven del Servicio, pero esquivas su mirada, buscas otro sitio: la música te vibra en el corazón. Hacía tiempo que no sentías que te temblaban las venas. Tienes la boca del estómago cerrada, la calada no te la ha abierto. Algo te hace estar nervioso y no sabes qué es. Pero sí que sabes que es un nervio vivo, que te activa, que hace que te muevas de aquí para allá, en busca de algo desconocido, de alguien que aún está por llegar. Es el nervio de los días buenos, te repites. Hoy es un día bueno. Te estalla un recuerdo del Servicio, de René y tú, tumbados en el campo, apoyados en una bala de paja mientras tantas otras manchaban el horizonte. René la escaló, se subió encima de la rueda y abrió los brazos en forma de cruz, los abrió y levantó el pecho, miró al cielo y gritó. El eco resonó por el valle, como si cada una de las balas de paja fuera un altavoz que repitiera el grito. Te cuesta entender que René ya no sea más que una imagen que centellea, un relámpago que te aguijonea el pensamiento de vez en cuando. Lo observaste, con los brazos abiertos, mirando a ninguna parte, y sonreíste. Encendiste un cigarrillo y te lo fumaste, mientras él dejaba colgar las piernas desde arriba. El sol se puso detrás de las montañas, al final del campo. Y centenares de ovejas molían el paisaje. Y un campesino araba la tierra yerma. Y tú creías que era un cometa, un asteroide que hería el cielo. Vuelves a la fiesta. Sentada en un sofá, ves a una chica. Te acercas.

00.19 h

Te gusta sentarte y mirar. Te preocupa que, desde fuera, te perciban como una aburrida que no baila, pero es que no son horas, todavía, para ir como esa chica que salta descalza igual que si fueran las seis de la mañana, con el moño deshecho y las piernas desordenadas. Crees que solo hace falta un poco de distancia para percibir la fiesta como un encuentro primitivo. El comedor de la casa, con los muebles arrinconados en las esquinas y tapados con sábanas viejas, se llena de gente que cierra los ojos y abre los brazos, que se toca, que se rompe. La música te ensordece. El humo del tabaco traza una nube en el techo. Las luces de colores se difuminan y se mezclan entre la niebla. De vez en cuando, un brindis desgarra la bruma y el humo se mueve en todas direcciones. Desde el sitio donde estás sentada, el espectáculo te hipnotiza. Dos chicos, curiosamente similares, se arremolinan en un beso que te parece eterno. Las manos en las orejas del otro, en la nuca, en las mejillas. Se miran a los ojos. También es el humo lo que ralentiza los movimientos, lo que los frena, lo que los demora, como si fuera un sueño o como si, de repente, la carne y la música pesaran toneladas. De entre la grisura, abriéndose paso a través de la gente, con una sonrisa grácil cada vez que un rostro le recrimina la interrupción, se te acerca un chico, o una chica, no lo sabes, que con las manos en los hombros de los cuerpos que bailan abre un camino que lleva hasta ti,

83

hasta este sofá donde estás sentada, y tú lo miras como se miran las cosas importantes que se descubren por primera vez.

00.19 h

No te gusta tener que hundirte entre la gente, pero has pensado que puede ser buena compañía, que se la ve perdida como tú, que tiene una forma interesante de escrutar el entorno, y eso quiere decir que tendrá cosas que contarte. Ese gesto suyo se convertirá en un movimiento muy familiar para ti, pero en este momento aún no puedes saberlo. Cuando ya estás ahí, delante de ella, no sabes si el corazón solitario es ella o lo eres tú, que has ido a buscarla, y ahora, con sus ojos delante de los tuyos, doblando las rodillas para bajar a su altura, piensas que es ella la que te caza a ti y no al revés. Descruza las piernas, las abre, se te acerca, le miras los ojos, oscuros, negros como un retazo de noche, y ves claro, clarísimo, que ha debido de percibirte como un corazón solitario que latía entre la gente, o como un cuerpo celeste de una galaxia lejana perdido en un punto inexacto del firmamento. También crees que la fiesta es tal y como te habían prometido, que parece que hayan tomado lo que te gusta del mundo de fuera y lo hayan recogido aquí dentro, y debe de ser porque piensas eso por lo que le dices dime qué ves desde el sofá y qué me he perdido hasta ahora, y te parece ridículo eso que acabas de decir. También intentas convencerte de que nunca hay una forma adecuada de abordar a un desconocido, y ella responde no te has perdido nada, solo estaba estudiando el panorama, me quedaría días mirando esto para olvidar lo que queda fuera, y sabes que ha pensado lo mismo que tú, que también se ha sentido ridí-

84

cula, pero nunca hay una forma adecuada de responderle a un desconocido.

00.21 h

Le has contestado como has podido y te gustaría haber seguido la conversación, pero la música os interrumpe porque suena esa canción que tanto te gusta, y no acabas de saber de dónde te ha salido el gesto, no lo sabes, ni el atrevimiento: lo has agarrado del bíceps y lo has arrastrado al centro del comedor, os habéis deslizado entre la gente y te has puesto a bailar bajo esos flashes de luz intermitente, su cara, la tuya, salpicaduras de negro y salpicaduras de blanco como retazos de noche y de día sobre vosotros, la noche y el día, el principio y el final, tú delante de él en un fotograma discontinuo, tu cuerpo moviéndose cincelado como si un relámpago lo agrietara, ahora lejos y ahora cerca. Él responde a tus movimientos con una sonrisa, acercas la boca a su oreja para preguntarle cómo se llama y te responde Líton, me llamo Líton, te detienes un segundo, paras los brazos, las piernas, las caderas. Para la música, la luz, el humo; paran los demás, los movimientos, ese latido; y te parece que es tal y como te lo imaginabas pero completamente distinto. Te sube a la cabeza la sangre, vuelves a moverte aunque estés mareada, porque te has levantado de golpe y te has puesto a bailar como si no fuera a acabarse el mundo. Vuelven la música, la luz, el humo. Vuelven los demás, los movimientos, ese latido. Te gusta cómo se mueve, como te mira, te gusta cómo abre un espacio entre su vientre y el tuyo, y piensas que ahora que bailáis lo importante no es él ni eres tú, sino eso que se abre entre los dos, ese espacio que trazáis entre vosotros. Lo miras y no te importa qué ha hecho el resto de su vida,

85

qué ha podido pasarle antes de este momento, te da igual, solo le buscas los ojos, que son el presente, piensas, que son lo que es él ahora mismo: sus ojos y los tuyos mirándose. Y bailáis. La noche sin detenerse es como si se detuviera. El humo ahora os congela a vosotros, pesáis toneladas, la sangre se os ha espesado. Y esos dos chicos siguen con los besos, y otros chicos con otros chicos. Y qué bien, piensas, qué bien confundirse entre la gente, unirse a los demás, porque eso no es desaparecer, no, eso es encontrarse, escucharse, es una confusión que suma y multiplica, podríais ser hermanos o hijos unos de otros, o amigos unidos para siempre. Líton no deja de sonreír y bailáis, sin olvidar el espacio que habéis abierto y que todavía se abre, que sigue concentrándose como si fuera una joya sucia que pulís con la mirada.

01.59 h

Habéis bailado descuidando el tiempo. También crees que, seguramente, esa tendencia al placer que tiene la gente como tú es una forma fácil de llegar al olvido. Durante el Servicio no lo habrías confesado, pero ahora, aquí, sabes que lo echabas de menos: encontrarte con los que te acompañan, confundirte con ellos, uniros bajo la música y no hablar de nada. Beber y bailar. Cuando te ha dicho su nombre, te ha parecido que lo oías por primera vez. La localizas entre los cuerpos, bailando. Solo necesitaba un empujón para mezclarse y esfumarse. Ahora eres tú quien mira desde lejos, sentado encima de un mueble tapado con una sábana vieja, dos ceniceros a rebosar y vasos con un culo de bebidas aguadas. Coges uno y te lo acabas. Pones las manos encima del mueble: notas cómo tiembla. La encuentras entre los cuerpos y vuelves a sonreír —eres consciente de que sonríes, te reconoces con los labios alargados y los hoyuelos que te rompen las mejillas— al pensar que muchos de vosotros no os casaréis ni tendréis hijos ni una familia, y te preguntas si vuestra forma de estar en el mundo consiste en aferraros a algo pasajero, que no sabes si es la juventud, la belleza o el hecho de saberos diferentes. Piensas, entonces, que no tenéis nada de diferentes, porque sois tan parecidos, los unos al lado de los otros, tan idénticos, como cachorros de una misma camada. Esa que baila y a la que se le cae la peluca para descubrir el rostro de chico que se esconde debajo del maquillaje. Ese que disimula la mirada que examina al resto, pero tú se la has visto, has reconocido la angustia de quien busca sin encontrar. Y tú, también tú, claro, porque los demás quizá te ven igual que ellos o con alguna ligera diferencia que os singulariza entre esa masa de lechales que se mezclan entre ellos.

02.00 h

Bailas y bailas y bailas, y no dejas de bailar, que esto es como si te hubieran puesto el corazón en remojo un rato, piensas, como la tregua de una guerra eterna, y te asustas al pensarlo, porque no quieres creerte que tu forma de vivir sea una batalla sin final. Y sigues bailando. Te miras las piernas, las manos. Te buscas las venas en el antebrazo y en la oscuridad no te las encuentras. Piensas que, con los años, las venas se mueven, se esconden. Ojalá solo cambiara eso, te dices, y bailas y bailas y bailas.

Sentado en el mueble, apuras otro vaso de hielo deshecho con ginebra. Como un descanso. Vuelves al Servicio. No quieres, pero vuelves. Tampoco quieres reconocerlo, porque se hace raro decirlo, te suena muy mal en la cabeza, pero eso sí que fue un descanso, una parada. Quizá porque no había soledad, porque os hicieron creer que compartíais un objetivo. Porque cada día era igual al anterior y la rutina mataba el deseo, pero también mataba la frustración. Un poco por René. O sin un poco: también por René. Volviste a la ciudad y nada más llegar ya te hablaron de aquel amigo de un amigo que se apagó de un día para otro como una vela que ha ardido demasiado tiempo. Y se murió. Así: se murió. Y ya está. Después de él hubo otros. Empezaste a visitar el pueblo para alejarte de aquel cuentagotas de conocidos que iban desvaneciéndose. A tus padres les dijiste que tenías ganas de descansar. A ti te dijiste que necesitabas calma y reencontrarte y silencio. Pero huías de eso, también, de chicos como tú que se escabullían como culebras, que desaparecían entre rocas y matojos, y adiós para siempre. Se murió y ya está. Os morís y ya está. Apuras un último vaso y apoyas la espalda en la pared. Relajas los hombros. Estás agotado de mantener la postura, de moverte como si te aguantara un hierro. Descansas, paras. Cierras los ojos un rato, pero, como no quieres que se crean que te estás durmiendo, los abres y contemplas los movimientos. No puedes evitar preguntarte quién de vosotros lo llevará dentro sin saberlo, quién de vosotros se quedará pronto sin un amigo, sin un hermano, sin un amante. No puedes evitar preguntarte si la muerte también baila aquí, esta noche. ¿Verán la enfermedad en tus ojos? Si, con una copa en la mano, la cintura desenvuelta, los brazos sueltos, está aquí, bailando entre vosotros. ¿Verás la enfermedad en sus ojos? Hace rato que has perdido de vista a Rita. No sabes si el corazón se te encoge o se te ensancha de felicidad. Algo te dice que volveréis a veros pronto. O, al menos, te gustaría. Bajas del mueble, vuelves a enderezar la espalda, miras tu reflejo en una ventana que hace de espejo, te miras, estás, te remueves los rizos, respiras profundamente y vuelves hacia la masa de gente que te espera. Vuelves porque te esperan. Y bailas. Bailas y bailas y bailas. Te preguntas, a diferencia de las demás noches, por qué esta es tan corta.

02.47 h

Dice que se llama Fèlix y te pasea los ojos por la cara como si repasara una presencia invisible que orbita delante de ti. No sabes si te gusta o no. No te decides. A pesar de la evidencia, no sabes si le gustas o no. Crees que sí y te extraña, porque los chicos no se te acercan si no es como a una amiga, y él podría estar haciendo eso perfectamente, pero no deja de pasearte los ojos por la cara y de mirarte los labios cuando hablas. No te incomoda. Te hace sentir segura. No comenta tu físico y no deja de alternar la mirada de la boca a los ojos. Te pregunta. Solo una mirada y ya sabes tantas cosas, aunque te gustaría eliminar el margen de error. Te sorprendes a ti misma por no sorprenderte cuando piensas que sí, que sí que te gusta y que por qué no. Fèlix te parece un nombre demasiado masculino para este chico que mueve las manos delicadamente al hablar, que lleva las uñas cortadas y que se acaricia los lóbulos de las orejas mientras te escucha. Fèlix. Sientes que el corazón te cabalga en el pecho, sientes cómo galopa y piensas por un momento en Líton: con él ha sido algo distinto, te dices, con él ha sido como un entendimiento, como si ya os conocierais, y con Fèlix es como si una voz te dijera al oído que nunca llegaréis a conoceros del todo. No te gusta la gente que fuma, pero él lo hace con elegancia, sostiene el cigarrillo entre el índice y el pulgar, y no deja de alternar la mirada de tu boca a tus ojos. Sonríes forzadamente, porque eres consciente de que no sabes poner otra cara que no sea cara triste, por mucho que por dentro te sientas alegre, como ahora. Te vuelve la sonrisa. Unos golpes en las piernas os interrumpen: dos chicas, a cuatro patas, buscan desesperadamente un pendiente. Y tú te sientes ilusionada delante de Fèlix, sientes la fuerza de las cosas a medio hacer y a medio conocer. Decides, entonces, que es el momento de salir del comedor, escapar de la música y buscar una habitación más tranquila en la que seguir hablando, pero, antes de que se lo propongas, se te adelanta y te dice vámonos de aquí, y tú te preguntas si realmente ha hablado en primera persona del plural, y contestas que sí. Sí, sí, sí, piensas, y salís del comedor, huis de la música hasta que se convierte en una banda sonora tímida y agradable que acompaña la noche que acaba de empezar. La noche como una feria en el extrarradio del pueblo: niños que juegan, chillan y se persiguen, adolescentes que fuman por primera vez y esconden la hierba en los bolsillos, jóvenes que vomitan en una esquina y parejas, como vosotros, que hacen la noche presente, que desean perder la lengua en la oscuridad.

02.52 h

Dos chicas gatean buscando algo. Te hacen gracia y piensas que podrían ser dos perros que registran el escondrijo en el que tenéis el arsenal que os mantiene despier-

90

tos. Desde el centro del comedor, ves que Rita se va acompañada de un chico que te resulta familiar. Ella lo sigue. Antes de pasar por el marco de la puerta, se vuelve y crees que te busca. No estás seguro, pero os encontráis, os habéis encontrado, y te sonríe como si te diera las gracias o como si se despidiera, no sabes, como si te dijera buena suerte o buenas noches, y la ves contenta, también la ves sorprendida, y el corazón se te hiela un poco, pero es un frío como el que sentiste cuando volviste del Servicio, una tristeza un poco feliz, y recuerdas que ese es un sentimiento que te acompaña siempre, demasiado a menudo, que te gustaría no conocer, porque no puedes controlarlo y se te aparece en momentos tristes para volverlos bonitos y en momentos bonitos para volverlos tristes. Sabes, en el fondo, que eso se te enciende porque estás contento por ella. Le guiñas un ojo en la distancia: el brillo de las miradas contiene una promesa. Te sonríe aún más, con un poco de vergüenza. Vuelve la cabeza y desaparece en la oscuridad. No sabes por qué te sientes un poco solo y un poco liberado. Miras alrededor. Ves miradas que te miran. Decides entrar, jugar. Olvidas las preguntas que te has hecho antes, cuando contemplabas la fiesta desde una esquina. Da igual quién baile entre vosotros. Lo olvidas porque ahora se trata de tocar la Tierra, como esas dos chicas, como un cometa al acercarse imparable a los continentes. Y ves al chico que te mira. Miras al chico que te mira y te acercas con movimientos sutiles: no quieres que note que lo buscas. De eso va el juego, de fingir que no te interesa. De fingir que no eres tú, que te acercas, que es el baile de la gente, que te lleva sin querer. Pero ya estáis el uno delante del otro, Rita ha desaparecido en la noche y tú te entregas a él, o él a ti, da igual, piensas, y sin deciros nada destensáis la ficción con las manos que se encuentran y los vientres que se encuentran y los labios que se encuentran. Y, de tan fuerte que está, la música se convierte en una banda sonora tímida y agradable que acompaña a la noche que justo acaba de empezar.

04.35 h

Cuando hayáis acabado, no sabes si querréis dormir juntos o no, si quedará demasiado forzado acompañaros vientre contra espalda o si será mejor que busques otro rincón de la casa. Quizá el sofá, piensas, o alguna de las habitaciones del piso de abajo. Mientras le das vueltas a eso, él te agarra las piernas y te da la vuelta, aunque antes te pregunta, eso sí, si te gustaría hacerlo de espaldas y asientes con la cabeza. Lo obedeces porque no ordena. Su cuerpo desnudo te resulta extraño. Te ha sorprendido el pelo en el pecho. Y las manos grandes. Y los hombros anchos. Y la barbilla áspera. La diferencia es curiosa, te dices, y te agarra el cuello mientras te recorre la espalda con la lengua. Te gustaría sentir algo, pero no sientes nada. No es por él. Es el corazón de la noche, las horas, la luz que abre otro día, y también que eso es nuevo, para ti, con la mezcla de impresión y desconocimiento que tienen las novedades. Notas la saliva caliente en la espalda, también notas la soledad de los hombres que cazan mujeres, y decides darte la vuelta, encontrarte con sus ojos, su mirada, seguir desde ahí. Le intuyes en el rostro una marca de impaciencia. Entiendes que él tampoco está acostumbrado a ocupar ese lugar. Será porque sabéis entenderos por lo que dejáis de repetir una historia ya contada, y así seguís, olvidando y volviendo a empezar, como si lo que tuvierais delante fuera solo eso, un cuerpo. Te sorprende, pero al acabar todo es fácil, ligero, y no hace falta que os preguntéis nada porque os tumbáis, os tapáis con la sábana, os abrazáis pero no mucho y, dócilmente, el día crece al otro lado de la ventana. Te cuesta dormirte. Dentro, todo se mueve todavía. El cielo te parece encendido, llegas a pensar que quizá se acerca una tormenta, por fin la lluvia, el viento contra los troncos secos y las nubes cargadas de agua, pero es un tono naranja que fulgura en un punto lejano del valle: otro día que llega quemando el cielo. Cuando por fin sientes que te duermes, deseas no soñar, porque sabes que cuando bebes los sueños te sacuden demasiado. Pero te duermes y el deseo, que era un miedo callado, se enrosca en el fondo del cerebro y se vuelve pesadilla.

07.28 h

Sin saber cómo ha ido, porque la noche te confunde, y también por lo que has decidido tomar entre beso y beso, estás seguro de que cada maldita vez juegas a un deporte de riesgo. Y más si, cuando te levantas, como ahora, no recuerdas exactamente qué ha pasado. Bajas la escalera. La gente ha ido desapareciendo del comedor, como si se rindieran. Algunos se han dormido apoyados en la pared, otros tumbados en el sofá. En una esquina había un chico tirado y su pareja se dormía encima de su pecho. Solo algunos valientes seguían delante de los altavoces, sin darse cuenta de que las luces encendidas ya no servían de nada, porque la del sol, que se filtraba entre las ramas de los árboles, iba iluminando la casa. La luz flameando la casa. Entonces has visto los vasos por el suelo y las baldosas pegajosas, las alfombras llenas de tierra de la gente que entraba y salía para fumar. También alguna mancha granate en la pared, serían los restos de un vaso de vino. Un poco mareado, buscas tu camiseta, que no estaba en la habitación en la que te has despertado. Ese chico te agarraba el brazo tan fuerte que parecía que no estuviera dormido. Te has despegado de él como has podido, has huido sin decir nada. No encontrasteis una habitación libre, pero os dijisteis que en el baño ya estaba bien. Os olvidasteis de correr el pestillo. Tampoco os habría importado que alguien hubiera abierto la puerta y os hubiera descubierto. Recuerdas que bajaste la tapa de la taza, te sentaste encima y el chico iba quitándose la ropa delante de ti. Recuerdas el reflejo de los dos en el espejo, que mirabas de reojo. Recuerdas, también, que te preguntaste cómo se llamaba, si te lo había dicho en algún momento. Si en algún momento se lo habías dicho tú a él. Después, entrasteis en una habitación en la que había una pareja en la cama, de espaldas a la puerta. Dormían abrazados, pero no demasiado, tapados con una sábana. Os desplomasteis en el suelo y os dormisteis. Dirías que ha sido una hora. Una hora hasta que te han despertado con lo de los incendios y que tenéis que iros, que no podéis esperar ni un segundo más.

07.31 h

Te despiertan los gritos, pero más que gritos son ruidos, carreras, portazos, movimiento en las paredes. Dicen deprisa, dicen venga, dicen ya, abres los ojos y ves que Fèlix se escabulle por la puerta. También corre. Te levantas de la cama. Vas al baño a lavarte la cara, pero lo que quieres es mirarte en el espejo, saber cómo te ven los demás. Vuelves a la habitación para vestirte y bajas al comedor. Ya no hay música. Si tuvieras que quedarte a recoger, no sabrías por dónde empezar. Intentarás irte pasando desapercibida, pero primero quieres saber qué pasa, se lo preguntas a una chica que está despertándose, ahora que

94

el chico sobre el que dormía la ha apartado para irse. Te contesta que no lo sabe. Entonces te encuentras a Líton, a Líton, sí, ves a Líton que viene de la cocina, está poniéndose la camiseta y se esfuma por la puerta de entrada, desorientado. Te gustaría preguntarle qué pasa, pero lo que de verdad te gustaría es contarle cómo ha ido la noche, qué ha pasado desde que te guiñó un ojo mientras desaparecías en la oscuridad. También te gustaría preguntarle cómo le ha ido a él, qué ha hecho, cómo ha acabado, que te lo contase todo. Pero Líton va haciéndose pequeño por el marco de la puerta, se convierte lentamente en un punto que desaparece con los otros puntos, los demás chicos que lo acompañan. Que se acompañan entre ellos hacia las llamas.

07.40 h

Ha venido el hermano de uno de los chicos y ha dicho que la cresta norte estaba ardiendo. Estaba ardiendo la cresta norte e iba a arder la sur e iba a arder todo si no os poníais a ello de inmediato. Los que acababais de volver del Servicio teníais que iros. Os llamaban. Entonces habéis empezado a buscar la ropa, habéis ido por las habitaciones despertando a todo el mundo, habéis bebido agua para ubicaros, para quitaros de encima el malestar de la noche. Al salir al exterior, la luz te ha encendido las retinas, has entrecerrado los ojos por el sol de la mañana, con las córneas sanguinolentas por el humo y la falta de sueño. Todo era disimulado, tímido, dentro de la casa, una mezcla de claridad y de humo, de aire condensado. Y fuera el sol despiadado te abrasa la piel, se mezcla con la suciedad de la noche, te notas demasiado cansado para ir hacia los fuegos sin saber cuándo podrás volver a casa. Quizá días.

Quizá semanas. Sabíais que en un momento u otro pasaría. Primero has notado el olor. Primero el olor al salir al exterior y después pedazos diminutos de negro que flotaban en el aire. Partículas casi invisibles que punteaban el cielo. Has mirado las nubes: las has visto manchadas, bordadas por el polvo que se extendía. Podría ser nieve, nieve negra de un invierno implacable. Pero llegan los incendios, has pensado. Hace años viviste las inundaciones: las avenidas de la ciudad como ríos salvajes, las cloacas que expulsaron agua durante días. El fuego, hasta ahora, solo te lo habían contado, como una fábula. Pero ahora ha llegado y tú estás aquí para sofocarlo. La Historia avanza vertiginosamente por delante de ti. Has alargado la mirada y has visto que los chicos habían avanzado. Has echado a correr. Os habéis perdido en el horizonte.

07.46 h

Has pensado en las viejas. Será porque te has imaginado el fuego, ardiendo, comiéndose el paisaje. Y a Líton, a Fèlix, a los demás chicos como ellos regando inútilmente los valles. Has pensado en lo que te decían, cuando las visitabas en el margen de la Colonia, que al principio de todo solo había personas. Millones de personas que habitaban el mundo. Después llegaron las metamorfosis erráticas: un grupo de hombres y mujeres poderosos, sobrenaturales, mágicos, convirtieron a otros hombres y a otras mujeres en animales, plantas, ríos, montañas, valles oscuros, peces y anfibios viscosos, campos verdes y selvas amazónicas, lluvias y nubes preñadas de lluvias, desiertos, barrancos y mares inmensos. Y todo adoptó el deje de los seres humanos: los gestos, las miradas, los celos, la suspicacia y el deseo. Por eso, decían las viejas, la gente como nosotros ama el mundo, porque detrás de cada cosa se esconde un hombre, Rita, una mujer, un pueblo detrás de cada bosque, una familia en cada cantizal, un recién nacido en cada rosa. También detrás de lo que arde ahora, has pensado.

También detrás de todas las cosas que nunca has llegado a conocer: otras sequías y otros incendios las han consumido antes de que llegaras tú.

INCENDIOS

escribo porque me lo pide mamá
ella no me ordena que escriba, solo me dice que calle,
    porque así no le hablo tanto y no la molesto, que es lo
    que me suplica siempre, cansada de sus hijos
me dice: ¡calla, Culebrilla!
porque soy flaca, rápida y pequeña
me dice: eres flaca, rápida y pequeña, hijita mía, como
    una viborita venenosa, me repite, ¡pequeña y venenosa!
y no hace falta que me lo diga, porque con una sola
    mirada me basta para saber que he hecho una maldad,
    con los rayos que le salen de los ojos, como si tuviera
    suficiente con la vista para flamearme
flamearme quiere decir maldecirme, me lo dijo papá
y maldecirme quiere decir pensar cosas malas de mí, me lo
    dijo mamá
pero yo escribo, que es lo único que sé hacer
también porque sé que le gusta que su hija haya aprendido
    lo que ella no sabe: escribir y leer
me felicita: ¡doce años y así de inteligente, Rita!
y cuando me felicita no me llama Culebrilla,
    me llama: Rita, Rita-hija-mía

pero tengo que decir que he reescrito estas líneas varias
veces, que si no puede que no entienda mi letra, dentro
de unos años, porque es un poco demasiado sucia y un
poco demasiado desordcnada, como yo, <u>desmañada</u>,
como me dice mamá, que quiere decir sucia y
desordenada
y hoy escribo porque me dan un poco de rabia unas cosas
que hace mamá y unas cosas que hace papá
como no es bueno empezar por las cosas malas, empiezo
por las cosas buenas, porque unos padres son para
quererlos y un hijo es para hacer feliz a su padre y a su
madre, para <u>contentarlos</u>, como dicen siempre ellos
y yo no estoy de acuerdo, y digo que sí cuando toca decir
que sí y que no cuando toca decir que no, que eso es lo
que realmente es ser hija
de mamá me gusta que le dé un beso al pan cuando se cae,
al recogerlo
y que nos dé de merendar pan con vino y azúcar
y que siempre pregunte quién es el último en la cola del
mercado
y que cuando habla de algo indique el tamaño con los
dedos
y de papá me gusta que corte los higos y se los acerque a la
boca con la hoja del cuchillo
y que nos dé de desayunar, los días muy muy especiales,
pan con aceite y chocolate
y que le dé besos a la medalla de la virgen que lleva
colgada del cuello sin ningún motivo, solo por el
pensamiento que le ha venido
y que siempre le pregunte a la gente qué ha almorzado o
qué ha cenado, porque le importa mucho lo que
comen los demás y le importa mucho que los demás
coman

ahora lo malo
es que me da mucha rabia cuando papá prueba mi comida
    antes de probarla yo
y cuando se deja la barba y se pone ropa vieja y sucia para
    ir a ver a los inspectores de hacienda y darles pena
    (hacienda quiere decir dinero)
y cuando papá nos ducha a los tres hermanos a la vez,
    también a mí, que ya soy mayor, para aprovechar el
    agua que no tenemos, y se nos acerca con las piernas
    peludas y remojadas
y cuando se queja y grita mirando al cielo: ¡danos agua! y
    yo le pido por favor que se calle
y también cuando mamá abre la boca antes de que llegue
    la cucharada y saca la lengua esperándola, y después
    mastica con la boca abierta
y cuando se mete donde nadie la llama y siempre tiene
    que decir algo cuando nos peleamos entre hermanos
y cuando me contesta: cuando seas mayor, eso cuando
    seas mayor
y cuando mamá, si duermo con ella, cuando tengo miedo,
    se me pega a la espalda y me toca con los pies fríos
y sobre todo lo que más me molesta es cuando me
    despido de papá y de mamá, siempre que me despido
    de ellos, y el último pensamiento que se me pasa por
    la cabeza es que se morirán y no volveré a verlos nunca
    más
con esas cosas me enfado mucho y se me enciende un
    fuego en los ojos y en las mejillas, que se me ponen
    rojas
y cuando me ven esa llamarada en los ojos, como dos
    incendios, papá y mamá me dicen: ¡Culebrilla!
pero cada vez que me dicen Rita-niña-mala yo les
    contestaría Rita-niña-mártir, porque parece que los

silencios de mamá cuando se enfada callando mucho y
de papá trabajando mucho yo tenga que guardármelos
dentro y no pueda sacarlos
no sé si esto que escribo le importa a nadie, porque nadie
puede leerlo
~~y nadie lo leería, si pudiera, porque todo el mundo está~~
~~pendiente de otras catástrofes (cosas malísimas), como~~
~~las sequías que cada vez hacen que haya menos agua y~~
~~que la gente esté más preocupada por el racionamiento~~
~~y el calor y todas esas cosas~~

¿por qué es tan malo quererlo todo?
me lo pregunto y tampoco espero encontrar respuesta
pero yo me lo pregunto, cuando de papá y de mamá solo
quiero que se miren con una mirada diferente, un poco
más llena, como si tuvieran luz en los ojos
pero ahora escribo por otros temas
y es que no quiero ser la niña obediente e independiente
que desean mis padres
quiero ser amiga de mis amigos y darles todo lo que me
pidan
pero también me digo que de momento solo tengo estos
diarios y poca cosa más
también a mis hermanos, pero los hermanos nunca son
amigos de verdad porque comparten con uno el mismo
dueño, que son los padres, y los amigos no tienen
ningún dueño, y los une una sola cosa, que es que uno
ha salvado al otro y que el otro ha salvado al uno
y como tengo hambre sueño con pan
sueño que un amigo me lo da todo y yo se lo doy todo
a él
sueño que nunca pone ninguna traba a nuestro amor y yo
tampoco lo freno

sueño que nuestra amistad se alarga como se alarga el
  hambre y que me vacía la cabeza de neuras (agobios,
  nervios)
así una se olvida de las sequías que enloquecen al personal,
  de la lluvia que no cae, de la gente alborotada detrás
  del agua, de mis padres preocupados con las
  restricciones, que dice papá que es lo mismo que decir
  malas noticias
~~y de las cosas que no me importan para nada y todo el~~
  ~~mundo quiere que me importen mucho~~

qué día más bonito el de hoy, andando por las calles del
  pueblo, el sol brillaba mucho y hacía un calor
  insoportable, sudaba entera, pero parecía que la gente
  estaba contenta
o a lo mejor era yo la que estaba contenta, no sé
y de verdad que era como si un murmullo silencioso fuera
  por las callejuelas a mi lado
y yo iba saludando al personal que iba saludándome a mí
  también
durante un rato me he olvidado de todo
todo = papá y mamá y hermanos
que ya es mucho

supongo que, de tanto ansiarlo, lo he medio conseguido
he conocido a Lena
a lo mejor tiene un poco de razón mi apreciada madre,
  cuando dice que a escribir solo se aprende escribiendo
y a coser solo se aprende cosiendo
y a tener amigos, pues, solo se aprende teniéndolos
así lo he aceptado conmigo misma, que de tanto escribir
  más de uno se creería que estoy chalada (loca total),
  aún más si se supiera que tengo que contenerme para

no hablarme en voz alta cuando vuelvo de comprar o
    salgo a pasear por las calles del pueblo
y ya sé que a mí no me gusta dar la razón, porque la razón
    yo no la doy, yo la razón la tengo, al menos cuando
    estoy sola
pero tengo que decir que mamá tenía toda la razón: a
    tener amigos solo se aprende teniéndolos
he conocido a Lena
primero era yo un saco de dudas
atenaza más el miedo que la alegría, como dice papá, y a
    mí me entraba el pánico de no gustarle como soy, que
    por eso muchas veces me recojo y me meto para dentro
    como si fuera un pastelito de cabello de ángel
pero con Lena ha sido como un rayo
del silencio yo hago esperanza, como también dice papá, y
    por eso sé que nos han hecho a Lena y a mí como se
    hacen las cosas que nacen para morir juntas
ella es la hija del panadero
yo ya la había visto porque alguna vez he acompañado a
    mamá a por el pan y mientras ellos hablan de los
    canales secos y de la gente que se va de casa y se cambia
    de país (que es lo que quiere decir la palabra
    migración, como me explicó mamá un día, y ahora no
    sabría decir nada más)
mientras ellos hablan de eso, yo miro disimuladamente los
    ojos pequeñitos de cristal que tiene Lena, como dos
    balas, y cómo se balancea mientras piensa, allí en un
    rincón de la panadería, royendo un currusco de pan o
    el cuerno de un cruasán, como si fuera un conejillo
    que roe una zanahoria
y lo primero que me ha dicho Lena cuando nos hemos
    conocido ha sido que podía llamarla Maria Helena
o Helena

104

u Oh-Lena

o Lllllllena, alargando la ele con la lengua contra el
   paladar

o simplemente Lena, según el humor, el tiempo y el sitio
he tardado en escribirlo todo, porque he estado liada con
   lo de Lena, que hemos pasado juntas la tarde entera y
   he llegado muy tarde a casa
ha ido así

1. nos hemos cruzado a medio camino entre mi casa y la
   panadería, saliendo del mercado, ella llevaba un par
   de sacos de harina y yo una docena de huevos para la
   cena

2. nada más verla me he impacientado, con los nervios
   encendidos, pensando ay cómo me gusta, y se lo he
   dicho telepáticamente, que quiere decir pensándolo
   con mucha mucha fuerza, y con eso me he
   tranquilizado de golpe

3. ella me ha saludado, cosa que yo no esperaba, y se ha
   parado, cosa que aún esperaba menos, y me ha
   llamado por mi nombre, mi nombre, me ha llamado
   Rita, cosa que ni en el mejor de los sueños habría
   deseado

4. se ha presentado, y no hacía falta, porque llevo el
   nombre de Lena grabado a fuego entre la espalda y las
   costillas, y me ha invitado a la trastienda, mis padres
   no están, ha dicho, los lunes cierran y puedes venir,
   podemos hablar, robar unos buñuelos, jugar un rato

5. no hemos dejado de hablar, nos hemos contado
   nuestra historia varias veces y no me cansaba de
   escuchar a Lena y ella no se cansaba de escucharme a
   mí repitiendo lo mismo sin parar

6. cuando nos hemos quedado a oscuras, dentro, porque
   la tarde se ha vuelto noche, esa tarde que dentro de mí

ha durado un solo minuto, he cogido los huevos, me
he sacudido el vestido y le he dicho gracias, adiós,
Lena, hasta pronto, adiós, adiós, adiós
~~de camino a casa he notado un tum-tum en la vulva que~~
~~no había sentido nunca y me he puesto las dos manos~~
~~encima para sentirlo~~
~~después, el latido ha parado, mientras pensaba en cómo~~
~~me ha dicho adiós, cómo sonreía y recogía las migas de~~
~~la merienda, cómo se levantaba para entornar la~~
~~puerta, detrás de mí, y cómo debía de mirarme~~
~~mientras empezaba a andar para venirme a casa~~
entonces he sentido un vacío en el estómago y el martilleo
de antes en el pecho
y me he quedado triste porque me ha costado despedirme
de ella
el cielo oscuro y nublado, que la claridad de la luna no
podía agrietar, era como un espejo de lo que me pasaba
por dentro,
pero ni un poco de lluvia durante la vuelta a casa, nada,
ahí seguían la nube gris, el gris en la piel y la misma
sequedad de siempre
ahora tengo que confesar que nada más conocerla ya
tengo miedo de perderla algún día
que si el hambre entra por la puerta, lo dice papá, el amor
sale por la ventana
y yo no sé cómo podemos acabar y qué pasará si las cosas
vienen mal dadas, que quiere decir que todo sale fatal
ahora vuelvo a ponerme triste
y es una tristeza absurda, porque no es ni mía, es de Lena
y es mía porque me acerco a ella
así, haciendo las tortillas para la cena, batiendo los huevos
con el tenedor rabioso, salpicándome los brazos de
aceite hirviendo, lo he pensado: aunque esta tristeza sea

absurda, no puedo quitármela de encima, porque no
hay forma de quitarme a Lena de la cabeza
y cuando mamá me ha regañado por llegar tan tarde,
entre lágrimas, medio-triste-medio-furiosa, que creía
que me habían mandado directa al otro barrio, a las
nubes algodonadas del Cielo, ha dicho
o, peor todavía, que un depravado se había encaprichado
de mis carnes infantiles
no le he hecho caso y no me ha dado pena
Lena Lena Lena Lena Lena
solo Lena
y aún hay más cosas
al decirle adiós he tenido muchas ganas de verla otra vez y
una duda
¿volverá a pasar?
¿volveremos a vernos, más adelante?
¿volveremos a compartir una tarde como esta?
me lo pregunto desesperada
¿qué está escrito para nosotras?

menudo humor, Rita, y menuda impaciencia
perdón
que saber pedir perdón es señal de ser una buena niña,
    como dice mamá
y yo le digo a mamá perdón, si hace falta, aunque por
    dentro me queme
y yo me pido perdón a mí misma, sin que por dentro me
    queme nada
me disculpo y me perdono
al fin y al cabo, se trata de hacerlo cada día mejor, cada
    día un poco mejor
han pasado doce noches
doce noches preguntándome por qué y por qué y por qué

107

juro que he aprendido la lección: las cosas llegan cuando
   tienen que llegar
y por fin han llegado
por fin ha llegado: Lena ha vuelto
ha venido hasta aquí, hasta el barrio del cementerio, y ha
   llamado a la puerta para volver a verme
doce noches y, al final, cuando ya me había entregado a la
   desesperación de no verla nunca más, llaman a la
   puerta y me quedo congelada delante de la sonrisa de
   Lena
la he visto y ha sido como si la tierra gritara y quisiera
   romperse
delante de mí solo estaba Lena y el mundo se paraba de
   repente
hemos ido a dar un paseo, la he llevado al cementerio,
   porque aquí tampoco hay gran cosa que hacer
primero nos daba un poco de vergüenza, se lo he notado,
   a mí también, y me ha costado encajar la voz que
   conocía con el cuerpo de Lena otra vez delante de mí
el cementerio tiene una cosa bonita, y es que, si te olvidas
   de que estás rodeada de muertos, de que tienes
   muertos debajo de los pies y al lado y encima, si te
   olvidas de eso es como si estuvieras en un laberinto
también es curioso ver cómo cambian los sitios según la
   compañía, porque yo, si paseo sola por el cementerio,
   siempre me pongo un poco triste y un poco nostálgica,
   que quiere decir que te da pena el pasado, y eso debe
   de ser cosa de los muertos
con Lena, en cambio, el cementerio era un laberinto en el
   que perderse y andar juntas durante horas
ha ido oscureciendo y entonces hemos tenido que irnos,
   porque el laberinto de mentira se convertía en un
   laberinto de verdad

108

solo de imaginarme que podíamos quedarnos allí
encerradas le he dicho a Lena que tenía que volver a
casa a ayudar a mamá con la cena, para que no pensara
que tenía miedo
aunque me habría gustado quedarme con ella la noche
entera fuese donde fuese
más tarde, cuando se ha marchado, y yo me he metido en
mi cuarto, he dudado
y después de dudar he sufrido, porque es feo dudar de los
demás
y es más feo, todavía, ver mala fe donde solo hay buenas
intenciones, dice siempre mamá
me he preguntado: esto que Lena me hace sentir ¿qué
es?
si es amor, me he dicho, aquí no puede venir, no está
invitado, que engaña y engorda las mentiras, como
repite mamá
envenena las lenguas, hiere cuando dispara, enloquece
y hace perder el sueño, el hambre y la sed, no tiene
ninguna regla, confunde rápidamente, no paga
nada a cambio, no cura ni sana y siempre juega
a la fuerza
todo eso me lo dice mamá y yo estoy de acuerdo
pero, Rita, qué dices, he pensado, qué dices, loca
esto que Lena te pone en las manos tiene un nombre y es
amistad
mamá, cuando se queja de papá, que es a menudo, dice
que lo mejor del amor es que se acaba
y yo ahora digo que lo mejor de la amistad es que es para
siempre
y ahora me hago otra pregunta, que me gustaría no
hacerme, pero no puedo evitar que me crezca por
dentro

¿qué verá Lena en mí?
sé que solo con escribirla ya se me va un poco el miedo,
    así que no la cargo como un castigo y me olvido
Rita, ¿qué verá Lena en ti?

hoy mamá me ha regañado como hacía tiempo que no se
    atrevía
pero yo sé que me ha regañado más todavía porque no le
    he hecho caso, como si no la oyera
y es que estoy contenta y no estoy sola, Lena, te tengo
    a ti
y no me ha costado nada en absoluto dejar atrás el <u>rencor</u>,
    que quiere decir que te molesta el pasado, y hablarle,
    luego, por la noche, cuando estábamos cenando, como
    si nada, tranquila y descansada
y sé que por eso se ha enfadado más todavía
también debe de ser, claro, que este calor infernal y este
    desierto de pueblo en el que no cae ni una gota de agua
    la <u>aturden</u>, que quiere decir que tienes una excusa para
    estar de mal humor con todo el mundo
ella repite: ¡<u>esto es un secarral y un día arderá</u>!
y grita
grita y grita y grita
y todavía creo que quizá puede ser por no sé qué de la
    mina, de papá y de un sitio que se llama <u>Colonia</u> que
    no pinta nada bien
todo el santo día papá y mamá diciéndose cosas entre
    dientes: <u>cuchicheando</u>
pero pienso en la vida en el pueblo y me gusta, con todos
    los años por delante para vivir aquí
me cuesta escribir y escribo poco, porque cuando una está
    contenta no necesita mucho, por no decir nada, esto
    de escribir

aunque, claro, lo que siento es una mezcla de un poco de
    felicidad con un poco de miedo
muy raro

qué asco, esta sangre que se me intuye entre las piernas
solo pido que alguien me diga por qué tengo que
    eliminar esta cosa, ~~que lo mancho todo de sangre y el~~
~~pipí me sale marrón y con olor a podrido~~
~~y además la vergüenza de ir a mi madre y contárselo~~
P. D.: (pd = me he dejado cosas) tendré que escribir otras
    historias, también importantes, cuando tenga tiempo,
    cosas que tienen que ver con Lena, la maldita
    Llllllllena, pero hoy no me quedan ni ganas ni fuerzas,
    porque no soy más que una preocupación andante,
    con los dedos gastados de tanto cruzarlos, pidiéndole a
    no sé quién que me saque la cosa esta ya

la sangre se me fue y mamá, con dificultad, me dijo que
    eso se llamaba menstruación
que a partir de entonces llegaría una vez al mes, como si
    fuera una carta
y que algunos días me haría un daño de mil demonios
poco más
ahora escribiría lo que ha pasado con Lena últimamente
pero necesito tiempo, folios, y también estar un poco
    menos enfadada
y ahora mismo no tengo ni lo primero ni lo último
y, como el tiempo perdido no vuelve, voy a escribir un
    poco más adelante, cuando se me antoje, como dice
    mamá, que quiere decir cuando me dé la gana

leo los fragmentos de los últimos días y me avergüenzo de
    mi mal humor

debe de ser que tengo dentro una tristeza tan profunda
que no me importa ni la sangre
ahora solo pediría que alguien me borrara este dolor que
no me deja comer ni beber
que me voy a quedar flaca como un perro de caza
todo es culpa de Lena
todo es culpa de Lena porque yo no le había pedido que
me parase por la calle, que me invitase a la panadería,
que me hiciera las promesas que me hizo, ni que
disparase la artillería pesada contra mi corazón de ratita
envenenada
las peores promesas son las que se hacen sin que una las
pida, porque luego va y se las cree, estúpida
y resulta que después son mentira
Lena debe de ser como los demás, que quieren justicia,
pero no para su casa
y alguien tendría que pedirle que se hiciera cargo de lo
que ha hecho
ahora soy como un trozo de gelatina que tiembla
lo que ha pasado tampoco es fácil de describir, porque las
cosas que hacen más daño a menudo son las más
complicadas de explicar
así que diría que lo que ha hecho Lena es una traición
y hay que ir con cuidado al atacar a traición porque
puedes atacarte a ti misma
papá lo dice siempre
escribo rápido, muy rápido, no puedo hacerlo de otra
forma, y me disculpo, Rita del futuro, por si no puedes
seguir este ritmo
Lena me ha traicionado por varios motivos
1. el primero es que una amiga, o un amigo, da igual,
tiene que ser la red que esté debajo de la cuerda floja
que es estar vivo, como dice mamá, y Lena ha

demostrado ser una malla rota, y eso lo sé, y ahí
viene el

2. segundo motivo, porque las siguientes veces que nos
   vimos todo fue diferente, ya no estábamos solas (nos
   acompañaban unos amigos suyos), ya no era en la
   trastienda de la panadería (era en la plaza, en el
   descampado seco que queda a la entrada del pueblo,
   montando un espectáculo para los ojos aburridos) y ya
   no éramos nosotras (era una versión descafeinada de
   aquellas tardes únicas en la panadería, en el cementerio,
   en los sitios por los que paseábamos juntas)

3. ~~paro, que me cuesta escribir~~
   llegó otra chica
   y ella se le presentó
   puedes llamarme Maria Helena, o Helena, u Oh-Lena, o
   Llllllena, alargando la ele con la lengua contra el
   paladar, o simplemente Lena
   y pensé será maldita, la maldita Llllllena, mentirosa,
   mientras tarareaba, según el humor, el tiempo y el
   lugar
   y yo le habría cerrado los ojos y que se callara de una vez
   y el día que estábamos en el campo seco le repitió el
   espectáculo a otro chico
   puedes llamarme Llllllena
   delante de aquellos niños, que aún me parecían pequeños
   y obedientes, se dirigía a mí como si tuviera que acatar
   lo que me ordenaba
   pero lo que me encendió el corazón fue que les diera mi
   dirección a aquellos críos
   que, con la voz irritada, les contara que era de la calle del
   cementerio, en las afueras, como si yo envidiara su
   código postal
   y aún más

les dijo que papá es trapero, que recoge aquí y allá pedazos
de ropa para venderlos en la fábrica de papel
y que mamá trabaja unas veces en las pilas, otras en la
telera, otras allí donde la llamen
y, como ella simulaba timidez, medio avergonzada, los
niños obedientes repitieron el gesto, cogiéndose las
manos y mirando al suelo
me fui
y, mientras me iba, lloraba y el cuerpo me pesaba mucho
y pensaba en la tarde en que se hizo de noche en la
trastienda de la panadería, en sus manos
acariciándome, en su voz diciéndome que había
pensado mucho en mí antes de conocerme
y recordaba cómo nos habíamos abrazado
como si todavía estuviera tocándola
mis dedos en su barriga, la piel fina
yo creía que era algo perfecto, la espalda suave y mis
manos acariciándola
con los ojos llorosos llegué a casa y otra vez mamá, mi
apreciadísima madre, agobiándome, medio-triste-
medio-preocupada, porque no entendía lo que me
pasaba
y no entendía el porqué de aquella pena
ni el porqué de los días siguientes en mi cuarto sin salir
ni el porqué de mi salud de pájaro y de mi hambre de
pajarito
ni el porqué ya no se me encontraba escribiendo los
diarios
(el Cielo, Rita, tú piensa en las nubes algodonadas del
Cielo)
y ella no sabía la respuesta porque la respuesta era Lena
Lena Lena Lena Lena Lena
solo Lena

114

y así llevo semanas, semanas que duran años
que <u>sabe más el diablo por viejo que por diablo</u>, dice
mamá, pero yo, que no tengo nada de diablo, aunque
con mi familia sea más veterana que <u>Satanás</u> (el mismo
diablo, me lo dicen todos), sé muy poco y no me
queda más remedio que vivir mi pequeño infierno
y, ahora, ¿qué voy a hacer?
¿por qué tanto rato con una sola idea que es un solo
cuerpo que es un solo nombre y que se llama Lena?
¡¡¡¡¡¡¡¡¡¡qué rabia!!!!!!!!!!

SECRETO

Sin ninguna explicación, Líton y Rita dejarán de verse. Los padres de Líton decidirán volver a la ciudad. Dos cuerpos delgados, camuflados, con pocas maletas, bajando del tren: serán ellos. No le ofrecerán muchas explicaciones, evitarán cualquier frase que pueda demostrar un indicio de sentimiento. Se irán porque ya no tendrá sentido vivir en un valle quemado. Más de un año en una casa y ninguna prueba de haberla habitado. Él pensará en la capacidad que tienen sus padres de transitar silenciosamente por los lugares que no son su hijo, como si deseara ser mueble, suelo, pared de madera o piedra nuclear, para convertirse en algo invisible que sus padres olvidan con facilidad. Líton seguirá yendo los fines de semana. Tumbado en la cama y con las sábanas revueltas, pensará en René. Pensará en él y, con sus padres lejos del pueblo, pensará en él aún más: el pensamiento se acelerará al ritmo con el que el corazón le bombea la sangre. Hará memoria de la primera vez que se vieron en los retretes del campamento. Se lo imaginará haciendo cosas imposibles, excitantes. Le hará un poco de daño pensar en René feliz y luego se sentirá culpable por no compartir la alegría en la distancia, porque quererse, pensará, quererse tendría que ser estar feliz por el otro aunque no esté a tu lado.

Líton se sentirá cansado. No será un cansancio de espíritu, como decía su madre que era el cansancio de cuando volvió del Servicio y se reencontró con la ciudad. Será un cansancio físico, como si durante la noche corriera kilómetros sonámbulo y al despertar una piedra en el vientre le impidiera el movimiento. Otra vez, tumbado en la cama, con los ojos cerrados y la piedra encima: Líton. Y otra vez: Líton tumbado en la cama. Una mañana cualquiera, en el espejo estrecho del baño, volviendo la cabeza para mirarse de espaldas, después de ducharse, se encontrará una mancha en la cadera. Se acercará: una peca más ancha y rojiza, alargada, por debajo del glúteo. Se la tocará con los dedos. Se acercará al espejo y la descubrirá sanguinolenta, más oscura. Encima de la peca verá que el vello rubio deja de ser rubio, y lo que hasta ahora era una pelusilla blanca que le subía por la espalda se oscurece. Verá que el vello le baja por la columna y le llega a los glúteos, que se riza en los muslos, que se alarga hacia los brazos, que le indica quién es. Se olvidará de la mancha. Se vestirá y volverá a su cuarto. Y otra vez: Líton tumbado en la cama.

Rita trabajará. Descubrirá el pequeñísimo margen que le queda entre jornada y jornada. Querrá pensar que lo que la define no es eso, sino cómo trata a las personas que no pueden ofrecerle nada a cambio. Trabajará: los dedos llagados moviéndose ágilmente por la ropa gruesa de minero. Cuando pasen los días uno tras otro sin diferencia, pensará que la vida es demasiado larga, que la vida es demasiado corta. Cuidará de su madre, de sus hermanos, en una barriada que detestará cada día un poco más, se levantará muy temprano por la mañana, dejará el café y las tostadas preparados y abrirá la puerta del dormitorio de su madre, que tendrá el cuerpo dormido, hambriento, y la persiana bajada. En el cuerpo de su madre encontrará la señal de los años de trabajo y el cansancio que envejece a los pobres antes de tiempo. Irá a coser. Volverá por la noche.

Fèlix llamará. Será un día cualquiera, cuando vuelva del trabajo: su madre le dirá que un chico de voz dulce ha llamado preguntando por ella. Una voz dulce al otro lado del teléfono y una petición. Rita pensará que es Líton. Por fin me llamas, por fin me buscas, Líton. Le devolverá la llamada con emoción. Fèlix, Fèlix, dirá él al otro lado del teléfono, soy Fèlix. Será una conversación breve. Sus hermanos y su madre la escucharán, desde la cocina. Ella tratará de alargar el cable hasta un rincón del comedor, pero desde los fogones seguirán escuchándola. Rita se preguntará si él sabe que vive en la Colonia, que su casa se confunde entre otras en un laberinto de cocinas oscuras donde gente vieja y cansada se arrastra como serpientes. Responderá con monosílabos, intentará no sonreír. Pensará que la noche en que se conocieron habría podido ser ayer, antes de ayer, hace solo unos días. La sentirá tan cerca que la voz de Fèlix le resultará familiar y conocida. Pensará otra vez que nunca llegará a conocerlo del todo. La voz la imantará, querrá saber más, y Rita se entregará a él como se habrá entregado a las horas sin pensar, al trabajo, a las horas que le asfixian el pensamiento.

Se verán primero una tarde, al atardecer. A los dos los cegará la noche: las estrellas fijas harán palidecer el cielo, las más brillantes, y otras aparecerán palpitando como si se encendieran. El cielo siempre sin moverse. La oscuridad ayudará a que la conversación avance y Rita, acostumbrada a hacerlo, escuchará y asentirá. Dirá que sí. Fèlix le hablará del Servicio, de los incendios, de las semanas dedicadas a sofocarlos. Rita se preguntará si él y Liton se habrán conocido, si sabrán quiénes son el uno y el otro, si serán amigos, pero no se lo preguntará. Después de esa tarde habrá otras. Ese será Fèlix en lo alto de la montaña, como si caminase por la corteza herida de la Luna. Esa será Rita, a su lado, y el bosque quemado a sus pies. Ese será el horizonte de ceniza, de árboles aún más raquíticos que antes. Olerán el desierto de ceniza y el ardor que sube por la nariz, notarán el sabor metálico de los bosques abrasados. Será el sol furioso por encima de ellos y las manos haciendo de visera para no cegarse. El paisaje fúnebre y ningún rastro del lamento de las cigarras cantando durante las horas de más sol: por todas partes, un silencio calcinado. Sin mover la mano de la frente, Rita mirará hacia abajo, allí donde queda el pueblo. Desde ahí, buscará la casa donde montaron la fiesta. No la encontrará, porque el fuego también se la llevó por delante. Buscará otros rastros, señales del mundo conocido, del territorio, de la cartografía familiar. Volverá la vista hacia la Colonia, sus ojos peinarán las calles estrechas que, de lejos, son hilos invisibles. Los seguirá como si pudiera toparse con las sillas de las viejas, desde ahí, como si pudiera reencontrarse con su cuerpo diminuto de niña traviesa charlando durante horas a su lado, su cuerpo, tantos años antes, corriendo por el pueblo, sin saber qué era la Colonia ni quién vivía allí, en la mina, el camino de casa a la panadería y una tarde larga ofreciéndose a Lena. Ese será el valle desfigurado, tan distinto del lugar donde creció. Ese será el sol resplandeciendo con un único color sobre el valle incinerado. Ese será un aliento de viento cálido acariciándoles la cara que les hará pensar en el agua fresca. Ese será el cielo tan maravillosamente azul y, debajo, nada: ellos. Esos serán los dos deshaciendo el camino entre las dunas.

Después, Rita conocerá a sus padres, visitarán su pueblo, que queda en el segundo valle, irán a pasar una tarde en el lago del que todo el mundo habla. Tocará el agua con los dedos: agua pegajosa, aceitosa, densa. No se separará de Fèlix. Sus padres no le parecerán tan distintos de los suyos, pero los verá cubiertos con una capa de pretensión, como si no quisieran encontrarse nunca delante del espejo. Entenderá, entonces, que Fèlix no se haya sorprendido al ver de dónde venía. Sentirá que los une algo. Viajarán con el coche de los padres de él, saldrán del país y dormirán en un colchón que colocarán encima de los asientos bajados. También los punzarán: los sueños de dos cuerpos que se quieren dentro de un coche, abrazados, trenzados como si convivieran desde hace años, abrazándose intermitentemente durante la noche que se agita sobre ellos. A ratos, el amor será un accidente y, a ratos, una voluntad.

Rita olvidará a Líton sin olvidarlo. Pensará que cada uno es una expresión del paisaje donde ha nacido y que entre ella y su amigo se abre una distancia insalvable. Una falla abierta entre los dos porque dos mundos muy distintos los han hecho crecer. También pensará que quererse tiene más que ver con mirar juntos una tercera cosa que con mirarse el uno al otro, y dudará al decir qué era lo que estaban mirando juntos. Sabrá que esa cosa, desconocida, sigue ahí. Los que ya no siguen ahí son ellos mirándola. Se preguntará qué puede hacer con lo que sobra, dónde ubicar las cosas que compartían y ya no. Reconocerá que, al acercarse a Líton, intentaba secretamente acercarse a su mundo: quería formar parte de él, fusionarse con su realidad. La distancia será dolorosa también por eso: habrá significado el fracaso de entrar en el mundo del otro, de huir del propio. Pasarán semanas sin verse. En algún momento creerá que lo que necesitaba era alejarse de Líton para poder alejarse de sí misma. Llegará a tener la sensación de que empieza a desconocer a alguien que conocía. Recordará la tarde en el Museo de Historia Natural y las otras tardes, las otras noches, que compartieron antes de ir al invernadero, todavía antes del silencio. Rita pensará en Líton. Líton pensará en Rita.

Más adelante, Rita le propondrá quedar. Se acordará: la añoranza que llega de golpe. Será consciente de que lo hace porque la emoción inicial que sentía con Fèlix ya no es la misma, se ha debilitado, ha cedido a la fuerza maleable del tiempo, y buscará a Líton pensando que lo que empieza también tiene que empezar a acabarse algún día. Reencontrarse les hará una ilusión enérgica: la luz rebrotando donde hacía tiempo que lo que había era sombra. Rita le propondrá ir a la ciudad. Líton le dirá que sí, que sus padres están en casa de unos amigos y que pueden pasar el fin de semana juntos. Rita se sorprenderá al ver que un piso de la ciudad puede ser cinco, seis veces más grande que su casa. Serán la emoción y los ojos de Rita moviéndose con impaciencia por la casa. Que un piso de la ciudad puede tener más luz que una casa en lo alto de la montaña, en la Colonia, casi en la cumbre más alta de la sierra. Será durante esos días cuando ninguno de los dos dirá nada del silencio, del tiempo transcurrido sin buscarse. Será entonces, también, cuando Rita decida que quiere mudarse allí, a la ciudad, pero a Líton no le dirá nada –todavía queda un tiempo para que Rita le proponga que se vayan a vivir juntos y encuentren un piso pequeño en el que no tendrán demasiado tiempo para ser felices.

Sin que lo sepan, también será el principio del final, otro principio que empieza a acabarse. Primero tendrán que compartir un fin de semana en la ciudad, y Rita tendrá que encontrar a Líton delgado, flaco, tanto tiempo después de que se hayan visto por última vez. Tendrá que recordar que siguen sin pensar igual, pero que comparten un lenguaje común. Tendrá que creer que la amistad los une para siempre. Tendrá que decirse que no, que cuando dicen para siempre hablan, en realidad, de algo caduco, temporal. Y tendrá que descubrir muchas cosas más: que los brazos de Líton son como ramas que se alargan, que la piel de debajo de los pómulos lo deja chupado, que unas manchas rojas le suben por la espalda y que tiene los ojos medio apagados. Capturado por una tos seca, violenta y persistente. Escuchará esa tos: una condena.

Pero antes de que se reencuentren, se desplegará un largo tiempo en el que estarán sin verse.

Líton pensará que, en su cabeza, Rita nunca llegará a hacerse mayor y conservará para siempre la forma conocida de los días compartidos: una delicada sonrisa de réptil y la mirada atenta sobre las cosas. Rita. Seguramente porque la distancia es tan maldita como la pérdida, Líton dejará de desear el momento de reencontrarse. Mi recuerdo, pensará. Su cuerpo. Nuestra historia. Así, más de una vez, cuando las tardes pesen demasiado en la ciudad –la niebla que no es niebla, que es calor y ceniza que no dejan respirar–, desempolvará la caja de debajo de la cama y recuperará algunas de las fotografías que guarda dentro, donde aparecen juntos. La memoria de ellos dos, embrujada, volverá. Moviéndolas entre las manos, se dará cuenta de que no hay ninguna cerca de la mina, en la Colonia. Se preguntará por las vetas minerales, por los hombres que entraban y salían de la ladera abierta, por las familias encaramadas que buscaban carbón entre las rocas, por las viejas que se dejaban atrapar por el alma de la montaña, juntas, charlando mientras esperaban la corriente de aire sentadas delante de la puerta. En una fotografía, la primera merienda compartida en casa de Líton, en el pueblo. Volverá al silencio de aquel lugar, a la blancura de las paredes, a la ausencia de sus padres. Pensará en aquella casa vacía, hundida en el pueblo vacío con las calles vacías, las tiendas vacías, el bosque vacío de animales y también las personas medio vacías por dentro. Contemplará el retrato: los dedos largos de Rita, un cuchillo de sierra y las migas esparcidas por la mesa de madera. Merendaron y hablaron. Encendieron el reproductor de casetes y compartieron sus canciones favoritas, se decían tienes que escucharla, tienes que conocerla, no te la puedes perder. Después, y eso no aparece en la fotografía, la música a todo volumen por el piso, Rita bailando encima de la mesa y el cielo apagándose en las ventanas. Tampoco sale en la fotografía la frase que Rita le dijo al sentarse, exhalando de cansancio, tratando de sonreír: que ella tendría que haber vivido allí y no en la Colonia, que aquello era su casa de verdad. Líton no supo qué contestar, disimuló la culpa que le había desvelado aquella frase y que desde entonces lo acompañaría siempre que pensara en Rita. Tampoco se oye en la fotografía cómo se morían de risa con las historias que ella contaba del pueblo, de las tardes en la Colonia con las viejas, cuando era pequeña, de una amiga cruel que tuvo y que todavía recuerda, le contaba, muy mala, la primera amiga que hizo en el pueblo y de la que no había sabido nada más en todos aquellos años, de que los vecinos y los tenderos la llamaban Culebrilla, y de que en la Colonia ya no le llamaban de ninguna forma, no tenía apodo, pero ella se escapaba igualmente algunas noches y bajaba por el valle para volver al pueblo, aunque fuera solo un rato, sin ninguna luz que la señalara.

Líton se parará en otra fotografía en la que Rita duerme a la sombra de un abedul seco. La retrató. Él, en cambio, leía con los ojos acostumbrados al sol que brillaba contra la tierra seca. Intentará recordar, delante del cuerpo tumbado de Rita, congelado en el tiempo, qué códigos secretos tenían para entenderse. Líton escucha a Rita, en la fotografía. Rita escucha el silencio del lugar. El silencio del lugar escucha a los abedules, que intentan crecer, sin agua ni abono ni un poco de tregua. La tierra escucha a la raíz, que se deshace, como el polvo. El polvo escucha a Líton, que despierta a Rita, y sus pasos cuando se levantan para irse. Líton recordará que quizá entonces descubrió en Rita una herida que no se explica con palabras porque nunca acaba de decirse. Algo que tiene que ver con la infancia, pensará, algo de la monotonía de los días y la tristeza del tiempo, algo relacionado con los adultos, el peso de los padres, los silencios. Algo que la ha hecho como es ahora. Como era cuando estaban juntos.

Y otra fotografía más en el invernadero, las abejas de fondo y un tercio de su propio rostro. Recordará el momento en que Rita, antes de salir de la sala de las abejas, temblorosa, le cogió la cámara para retratar la nube de aquellos insectos nuevos. Líton se sorprenderá al descubrir, como si no hubiera pasado ya otras veces, su propio rostro. El recuerdo de la fisonomía de uno mismo, siempre tan inexplicable. Los ojos de uno mismo. La barbilla afilada de uno mismo. Los rizos tapando las orejas y los ojos perdidos en la nube de aquellos insectos. No caerá en la tristeza ni en la añoranza, será, más bien, una sombra duradera entre las cejas. Se preguntará si era así como lo veía Rita al mirarlo. Se preguntará qué es lo que se ha perdido de él ahora que Rita ya no lo mira. Qué ángulo de su cuerpo ha quedado, para siempre, oculto.

Pero antes de que se reencuentren, se desplegará un largo tiempo en el que estarán sin verse. Rita observará la hierba dorada que se deja ver desde la ventana de la cocina, en la Colonia. Pedazos del valle negro, quemado, y otros pedazos con el césped seco, como un tablero de ajedrez que tapiza el suelo. Se sentirá el sonido de su respiración, roto tan solo por los motores de los camiones que se dirigen a la mina. El rugido de las máquinas que destripan la montaña. Sus hermanos que se despiertan, tan temprano como ella, cuando el cielo todavía está oscuro, y recorren los mismos caminos que su padre, hacia la mina. La ilusión de sus hermanos al empezar a trabajar, como si les esperase algo bueno. En el perfil de uno de ellos, cuando encienda un cigarrillo antes de salir de casa, de madrugada, con el humo pegado a los labios, verá la silueta de su padre. Si no supiera que es su hermano, diría que es él.

Una tarde, al volver de coser, después de recorrer el camino que la lleva de la fábrica a casa, se encontrará a su madre sentada en la cocina. Prepararán la cena juntas, sin decirse nada. Evitará la conversación, fregará los platos y los guardará con prisa. No será tan fácil escaparse: su madre le hablará de sus hermanos. Pero ella pensará en un río grisáceo, o verde o azul, da igual, un torrente helado y abundante bajando por la ladera hacia el pueblo, inundándolo todo. Un río embravecido por el viento. Su madre le hablará de su padre. Pero ella pensará en Fèlix esperándola justo cuando lo busca y lo desea, cuando ella le propone huir del valle ese par de días que libra en el trabajo. Su madre le contará que empezaron a llamarla Culebrilla porque un anochecer, cuando tenía tres años, volvió a casa con una serpientilla muerta entre las manos, después de pasarse toda la tarde jugando sola con ella en un rincón húmedo del pueblo. Cuando estaban en el pueblo y el pueblo era húmedo. Volvió con los ojos brillantes y con la alegría de quien les hace un regalo a sus padres. Y él la llamó Culebra, Rita, que eres flaca, rápida y pequeña, dijo, y desde entonces el pueblo entero empezó a llamarla Culebra, Culebrilla, cuando subía y bajaba por las calles solitaria, sin compañía. Pero ella pensará, como si no hubiera sitio dentro de sí para todo lo que le cuenta su madre, ella pensará en Líton, al que hace tanto tiempo que no ve, pensará en las cosas que hicieron juntos, en las cosas que se contaron. Y en las cosas que no.

A principios de verano empezará la labor ingente de vaciar las casas de la Colonia. Al atardecer, cuando amaine el calor, sacarán los muebles a la calle y repintarán las paredes ennegrecidas por el carbón. Las calles estrechas de la Colonia se convertirán en un mercado ambulante, el griterío se propagará como el aire y las familias se juntarán, otra vez, para trabajar. Los vecinos, como todas las temporadas, aprovecharán para saludarse, para contarse los últimos meses, mientras se seca la pintura, obviando que hace semanas que no cruzan una sola palabra. Qué bonita es la mentira.

Y al día siguiente seguirán con las fachadas. Rita dará la primera capa: la corteza grisácea del viento teñido de la montaña. Sus hermanos, la segunda: la negrura redoblada por la ceniza de los incendios. Imagínate los pulmones, dirá Rita, imagínatelos por dentro. Entonces oirá hablar a los vecinos, mientras pintan, mineros jóvenes envejecidos que no conocen la diferencia entre los días. Qué feroz es el tiempo. Rita pensará que hablan un idioma que no es suyo. Escuchará las historias que se cuentan, porque los hombres, cuando se juntan, se cuentan historias para distraerse, para no notar que a su alrededor el mundo cambia.

Una de las historias contará que a la Llorona, una de las viejas del lavadero, empezaron a llamarla Llorona cuando su marido la diñó. Hablarán así, mientras pintan y beben y gritan: que la diñó. Que la Llorona es la Llorona porque su marido se fue a la ciudad a operarse de la vista y, al volver, nada más bajar del tren, se desplomó. La palmó, dirán. Reventó. ¡A la caja de pino, al hoyo, al otro barrio! Y reirán todos a la vez, mientras pintan y beben y gritan. Y desde entonces la Llorona es la Llorona, porque empezó con los lamentos y no ha parado todavía. Y venga a llorar. Y todo el santo día llorando. Qué frágil es la añoranza.

Habrá otra que contará que en el pueblo había dos maricones, dos maricones que se enamoraron. Hablarán así: bujarras, maricas, julandrones. Dos maricones que se conocieron en la siega del trigo, cuando el pueblo entero paraba la fábrica, la mina, bajaba las persianas de las tiendas, apagaba el horno de la panadería y se iba a segar. Dos maricones que se conocieron trabajando allí y que después, cuando oscurecía y empezaba la noche clara, volvían al campo a espigar a la luz de la luna y a recoger las espigas olvidadas para hacer pan, pero en realidad, dirán, en realidad iban al campo a follar. Hablarán así: a follar, a montárselo, a echar un polvo. Y qué suerte, dirán, qué suerte que el bicho ese no corría arriba y abajo, porque los habría pillado y adiós muy buenas. A la caja de pino, al hoyo, repetirán, ¡al agujero!, mientras pintan y beben y gritan. Qué difícil es quererse.

Seguirán contándose toda clase de historias para olvidar que la mina no dura para siempre, que las previsiones de explotación más optimistas les pronostican unos meses más, quizá un par de años, quién sabe, pero ellos dejarán de pensar en lo que se acaba gracias a las historias que empiezan de nuevo cada vez que se narran. Rita los entenderá: ella también se contará historias consciente de que un recuerdo nunca será lo que llegó a ser en su día, cuando era realidad. Habrá historias, eso sí, que costará contar. Y otras a las que se volverá a la fuerza. Como la historia del fuego, que es de desorden. Y la historia de Líton, que es de miedo. O de vergüenza. La historia del pueblo es de tiempo. La historia de sus padres es de distancia. La historia de Fèlix es de misterio. La historia de sus hermanos es de espejos. La historia del valle es de caída. La historia de las viejas es de pasado. La historia de Lena es de presente. Y después está la historia de cómo queremos a algunas personas sin saber por qué, la historia de aprender a hablar después de haber escuchado durante mucho tiempo o la historia que quiere conservar la pequeña celda de memoria que alguien, sin que se lo pidiéramos, nos otorgó algún día.

Y, finalmente, la historia de Rita. Una historia que se repetirá a sí misma, sin contársela a nadie. Se la dirá mientras vacíe los muebles de casa, arrastrando cajas cubiertas de polvo. Se la dirá mientras rasque las paredes ahumadas, mientras pinte la fachada encaramada a la escalera. Se la dirá antes de dormirse y al despertarse. Se la dirá cuando su madre vuelque en ella anécdotas que no quiere recordar y también durante las horas que suman las idas y venidas del trabajo. Se la dirá cuando se aburra al lado de Fèlix, cuando lo mire y piense que no puede, que lo siente mucho, pero no puede, que cada minuto que pasa a su lado se siente más sola. Se la dirá cuando observe nerviosa el valle desde la ventana, bajando la mirada hacia el pueblo. Se la dirá cuando piense en Líton. Se la dirá cuando escuche las historias de los vecinos y no se reconozca en lo que oiga. La historia será sencilla, muy breve: que quiere irse. Qué tramposos son los secretos. Y qué ilusorio, el paisaje.

UNA ALEGRÍA MANSA

La iglesia entera con olor a incienso. Todavía colgaban de las paredes ramas de olivo del Domingo de Ramos. Obviaba la melodía triste, intentaba no escucharla, como también había tratado de dejar de escuchar al cura y había vuelto la cabeza para ver si alguien prestaba atención a lo que decía. Y todo el mundo parecía que sí, pero todo el mundo era que no, y me sorprendía la facilidad que tenía para mover el pensamiento mientras rezaba, de imaginarme cualquier cosa para no ver a Líton en la caja. Iba de aquí para allá con el pensamiento, también me llevaba el olor a incienso de la iglesia, como cuando lo cogía en brazos, de lo pequeño que era, y el cura le mojaba la cabeza con agua bendita mientras lo santiguaba. El olor me guiaba a la infancia de mi único hijo y no quería darle muchas vueltas porque saber que lo llevaba dentro no me había hecho ni un poco de ilusión.

Aquella cosita que se había hecho mayor de milagro, que no crecía, como si mi cuerpo no quisiera alimentarlo, como si, en lugar de darle leche, del pecho me saliera agua. Debía de soñar con ríos de leche caliente que lo convirtieran en un niño fuerte. Cuando ya le salieron los dientes se mareaba y parecía que se me iba a romper en los brazos, me daba cosa sostenerlo, mientras las demás madres me decían por qué no coges al niño, por qué no lo abrazas. Yo no lo abrazaba porque no podía. Quería que creciera deprisa, que se hiciera mayor de golpe. Mi madre me había dicho que le batiera una yema de huevo con azúcar y vino rancio y le diera a beber el potaje de un sorbo. Líton ponía una cara de asco amarga, e incluso fingía una arcada, pero yo le decía que para dentro, que tienes que crecer, y tampoco sé si funcionaba demasiado, claro, pero mi madre me decía que así el niño crecería con vigor y yo lo único que quería era que se hiciera mayor de golpe.

Es cierto, eso sí, que era un sentimiento que me había acompañado siempre, y tampoco quería que Líton desapareciera, porque la muerta ya era yo buscando constantemente otra cosa, y él seguiría vivo allí donde fuera, pero ni siquiera entonces sentía la pena profunda que tienen que sentir las madres cuando se les van los hijos para siempre. Yo sentada inútilmente en el banco de madera. Él caliente en el ataúd. Me lo imaginaba repeinado, con los rizos estirados por la gomina, detrás de las orejas, y con los dedos largos deshaciéndose de la gomina que le apergaminaba el pelo, cuando era pequeño, como si quisiera deshacerse de nosotros. Los párpados tapándole los ojos azules, allí encerrado, el aire corriendo por las fosas nasales, por las orejas, contenido en el paladar. Me acordaba de cuando se marchó al Servicio, tan solo y tan débil que creía que no volvería. Y después su padre y yo nos mudamos al pueblo. Y después, cuando acabó el Servicio, empezó a ir algunos fines de semana a vernos. Y después, con los incendios, decidimos volver a la ciudad. Y después se fue a vivir con aquella amiga suya. Y al final ya no parecía él, encogido dentro de la camisa y con los ojos hundidos, sin brillo, aferrado a la cama. Y poco después ahora. Volví la cabeza otra vez buscando a la chica que lo acompañaba las dos veces que nos habíamos visto en el sanatorio. Me di la vuelta, las jóvenes del pueblo me parecían aburridas, con la cara idéntica, e intentaba convencerme de que no eran un espejo en el que me veía reflejada a su edad, y a la mía, y a todas las edades que todavía me esperaban por vivir. Tenía un nombre ridículo, de pobre. No me acordaba. Intenté odiarla. Intenté detestarla. Me habría gustado contarle que mi presagio, cuando le dije a Líton que solo tenía miedo por él, se había cumplido, que ya estábamos al cabo de la calle y que el tiempo me había dado la razón. Pero ¿quién era yo para reprocharle nada a un hijo que había aprendido a vivir sin madre? Y al ver a aquella chica, cómo lo acompañaba con los brazos en las caderas por los pasillos del sanatorio, cómo lo avisaba de que había llegado cuando entraba por la puerta, cómo lo protegía de una presencia peligrosa —¿yo?–, cómo lo miraba con la ternura con la que miran las madres a los hijos, pensé que en aquella historia todos teníamos algo de víctima. Quería darme la vuelta otra vez, pero era excesivo evidenciar que la madre del muerto buscaba a alguien, algo, entre la gente, y empecé a buscarla de reojo

de reojo, muy por delante, veía a la madre de Líton, que parecía que no andaba muy allá, fingiendo que rezaba, y a mí los ojos se me iban hacia Rita, en otro rincón de la iglesia. Me repetía: estás aquí, Lena. Fue justo al mirarla, mientras le escrutaba la marca de los años en la cara, cuando la madre se volvió como si fuera ella la que buscase algo, y cruzamos la mirada sin ningún afecto, ella no me conocía y yo sabía quién era porque en el pueblo no se hablaba de otra cosa más que de aquel chico de la ciudad que había pasado alguna vez por la panadería y al que había visto paseando por las calles ligero como una ráfaga de aire afilado.

Rita se confundía entre la gente, desaparecía como si se fundiera a la columna, uniéndose a ella delicadamente hasta ocultarse. El cuerpo le temblaba entero, no dejaba de mover la pierna, con un gesto nervioso, mientras se mordía las uñas. La masa que llenaba la iglesia debía de romper la intimidad compartida con Líton en los últimos meses. Era como si la presencia de la gente la angustiara, a ella, que decían que lo había acompañado hasta el último momento.

Entre la multitud, anestesiada por el olor a incienso, debajo de los ramos de olivo secos, no podía imaginarme que dentro de la caja se escondiera Líton: pensaba en mi primo, en su cara, la piel, el pelo castaño, los ojos de aceituna, las pecas que tenía en las mejillas; también consumido por dentro, también deshecho en vida, recogido como un haz de leña que se aprieta. Enterrado en la iglesia, sin quererlo. Callando el verdadero motivo de su muerte, sin quererlo. Todo el mundo fingiendo que no sabía lo que había pasado. Y el hilo invisible atándonos, el hilo que nos unía a mí y a Rita, y a tantas Lenas y a tantas Ritas, porque íbamos perdiendo a los amigos a un ritmo tan veloz, tan ágil, que la pérdida ni siquiera la habíamos sentido.

Mi primo recogido en el patio de la memoria, con el veneno aquel quemándole las venas, el maldito bicho navegando por su sangre y yo todavía hurgando en los recuerdos para entender quién se había acercado al otro por primera vez, cómo era el cielo el día que me di cuenta de que con él descubría a un amigo, porque a su lado me descubría a mí misma aún un poco más: que daba igual si éramos primos o no, era nuestro cuerpo insurrecto justo antes de llamarnos jóvenes, cuando aún éramos niños y venía a pasar los veranos con nosotros para olvidar la soledad y su pueblo, otro pueblo condenado unos valles más allá. El verano era para olvidar, nos decíamos, y para practicar lo que seríamos más adelante, lo que sería yo, claro, porque él se quedó justo después de la edad del pinchazo, del cuerpo alborotado.

Pero, al saber que Líton también, pensé en Rita, que por el pueblo decían que se había instalado con él en el sanatorio, para cuidarlo, y pensé en mí, en las últimas semanas de mi primo y en los últimos días a su lado. Me pregunté qué habría hecho el tiempo con ella, qué quedaría de aquel cuerpo de niña castigada. Sabía que con la Colonia había llegado la mina, y con la mina el silencio, que nunca bajaba al pueblo, que salía poco de casa y que en las calles estrechas de aquella ratonera Rita había crecido tratando de detener el tiempo. Me habían hablado del chico de otro valle del que se había enamorado y con el que había aprendido a escaparse. Y alguna noche, cuando el humo de la Colonia se confundía con las nubes, había levantado la vista hacia la cumbre y había pensado en escaparme yo también.

Ya me había imaginado que Rita estaría en la iglesia, que podríamos encontrarnos en el entierro, entre la gente que se congregaba refrescándose, en busca de refugio, porque fuera el ardor encendía el asfalto, los muros, los tejados. El paisaje condenado. El sol infernal. ¿Qué me diría Rita si nos cruzábamos? ¿Que no había querido saber nada de mí desde que la habían mandado a la Colonia? ¿Que desde allí todo parecía minúsculo e insignificante, también el pasado? Quizá que la vida del pueblo quedaba demasiado lejos, que me había borrado de sus recuerdos. Y yo a ella de los míos, le respondería, hasta que me hablaron de aquel chico de otro valle con el que había aprendido a escaparse, y más tarde me enteré de que lo había hecho, de que al final se había ido a la ciudad, ahora sí, huyendo del pueblo y de los pulmones quemados de la mina, que se había largado del valle para no volver nunca más, con Líton, me habían dicho, porque entonces ya sabían que la cosa empezaba a acabarse. Por eso debía de temblar Rita en un lado de la iglesia, porque había sabido irse pero la habían hecho volver, como si quisiera fusionarse con la columna, cualquier cosa menos estar ahí

ahí, tampoco estaba ahí, seguía sin encontrarla. Mientras el cura hablaba, con aquel olor a incienso que había mareado a los viejos que llenaban la iglesia, sedados como animales, había decidido que le pediría perdón. O le daría las gracias. No sé. No sabía qué tenía que decirle. Traté de odiarte, a ti, que cuidaste a mi hijo, y no lo conseguí. O quizá únicamente tenía que decirle cuidaste a mi hijo y te lo agradezco. O bien el reproche que se me despertaba sin quererlo: yo ya le había dicho que solo tenía miedo por él.

Le había pedido al cura que no dijera nada. Estaba convencida de que no lo haría, pero quería asegurarme. Un colapso pulmonar, le dije, un colapso pulmonar después de una pulmonía o de una neumonía, no sé, no recuerdo qué ha sido, pero ha salido de dentro, le dije, de los pulmones, que se le han llenado de agua hasta ahogarlo, se han parado, padre, y el chico ha dicho basta, han sido los pulmones, y no otra cosa, no la sangre: los pulmones.

La iglesia estaba llena. Hasta entonces había pensado que la gente le tenía miedo, pero también es cierto que muerto y embalado dentro de la caja no parecía contagioso. Como un frasco de veneno. El día antes por la tarde, en el sanatorio, un herpes le subía por el labio lleno de llagas. Había pasado un mes en el hospital con neumonías, me dijo su amiga, o pulmonías, no sé. Volví a buscarla: ni rastro. Ella había pedido que me llamaran para que fuera a despedirme. Había ido el primer día y no había vuelto más. Me contó que había sufrido un neumotórax y un colapso pulmonar, no sé qué quiere decir eso, niña, un colapso pulmonar, pensé, pero asentí. Le habían puesto dos tubos de drenaje pleural. Era doloroso. Tumbado en la cama como una máquina cansada, y yo que no me atrevía a tocarlo, a acercarme, con aquellos cables que le salían del cuerpo, de entre las costillas, vaciándolo por dentro.

Le di a la chica un sobre para que les pagara a las monjas, me despedí de Líton con los ojos, como pude. Una vez en el pasillo, me pareció oír un grito. Reconocí el quejido del niño que se tragaba el potaje dulce y asqueroso para crecer. Cerré los ojos, me convencí de que no era Líton el que chillaba, mientras el grito iba ocupando habitaciones y pasillos. Mientras el grito iba ocupándome el cuerpo entero. Seguí adelante. Monjas con el hábito y las manos recogidas a la espalda andaban mirando al suelo: no me reconocían, no sabían quién era. Bajé la vista, respeté el protocolo y me dirigí a la salida.

Un lloro afilado me despertó. ¿Quién lloraba así? Traté de volverme disimuladamente. Unos cuantos jóvenes. Muchos viejos fatigados y tostados por el sol. Estaba sola entre desconocidos. Su padre no había querido ir a verlo al sanatorio, tampoco se había presentado en el entierro. Gente del pueblo que había conocido a Líton. Gente del pueblo que no lo había visto nunca. Decidí enterrarlo allí para alejarlo de la ciudad. Qué más les daba, no quería que su último adiós se llenara de curiosos, tampoco quería que gente como él llenara la ceremonia de cuerpos exagerados y comportamientos inadecuados. Él habría querido un adiós tranquilo. Una mañana, cuando todavía era un niño, me preguntó por qué me había casado con su padre. Yo había asumido nuestra incompatibilidad como una realidad de fondo de nuestra historia, pero la pregunta me devolvía a un lugar incómodo. ¿Por qué dormía noche tras noche con una persona a la que no quería?, me dijo. Meterme en la cama, notar su aliento caliente en la nuca, al darme la vuelta, el calor del brazo que no me tocaba: ¿por qué decidía volver todas las noches al lado de alguien que no me quería? Ya está hecho, pensé, ya está hecho, mientras una parte de mí creía que en mi marido todavía podía descubrir la solución a la incapacidad de acercarme a Líton, de decirle que podía contar conmigo. Pero solo de pensar la frase dicha por mi boca me entraba vértigo. En casa nunca habíamos tenido un léxico familiar: ninguna forma especial de designar las cosas, ni apodos para entendernos rápidamente, ni gestos que nos delataran de un momento al otro. Yo solo necesitaba tiempo para entenderlo, pero él no podía ofrecerme más. Y quizá es que necesitaba tiempo para entenderme a mí misma, saber adónde habían ido los años de silencio y de culpa, qué habían hecho de mí y de aquel niño que crecía sabiendo que el amor en casa no iba a encontrarlo. Y, mientras tanto, con el miedo de que se convirtiera en un frasco de veneno. Solo tengo miedo por ti, le decía, y él como si no me oyera, como si no le importara el llanto

el llanto desconsolado de alguien —no era la madre de Líton, no era Rita— me devolvió a la iglesia, la luz había ido disminuyendo, como si cada uno de nosotros, sentados en los bancos de madera, la hubiéramos consumido en aquel espacio diminuto. Las columnas se retorcían en el techo, en las cúpulas se concentraba la claridad multiplicada de colores por las vidrieras. El frío nos alejaba de lo que nos esperaba fuera: los fuegos que quemaban algunos valles más allá, en la distancia, el aire teñido de ceniza, la tierra carbonizada.

En la iglesia, con Líton delante, me pregunté si Rita todavía se hablaría con su madre, si se verían de vez en cuando para contarse las miserias, si se reunirían en fechas señaladas y se felicitarían el cumpleaños. Si Rita habría ido volviendo, durante aquellos meses, a visitarla a la Colonia. Si la gente del pueblo la reconocería, ahora, tan cambiada por el tiempo. Si ella los reconocería a ellos, si se acordaría de sus nombres. Si el olor a cerrado del valle se habría despejado en la ciudad. Si habría pensado, en algún momento, en los que no habíamos podido irnos, en los que no habíamos sabido. Que no me había atrevido, me habría reprochado Rita si le hubiera contado que había quien se había acabado quedando en el pueblo. Que no me había atrevido, que ella se había ido sin nada y que irse era precisamente eso, desvanecerse, y quizá lo que yo no había querido hacer era desvanecerme, que significa abandonarlo todo, abandonarse también a una misma.

No se trataba de eso. Ni tampoco de las noches que llegaban en pleno día cuando los días eran largos, inacabables, porque sabía que, en el fondo, yo no lo había tenido tan difícil y, seguramente, lo que veía en Rita, sentada en primera fila, era esa parte de mí que no había sabido encontrar, una mezcla de coraje y convicción. Que el nervio me azotaba porque no soportaba ver tan lejos de mí, tan cerca, a alguien a quien había rechazado. Solo ocho, diez metros, nos separaban, ocho, diez años, entre aquella Lena y aquella Rita, pequeñas, y las de ahora: el tiempo no ocupa espacio y solo pesa, y de repente Rita estaba tan lejos de mí, tan cerca, porque había sabido hacer con los años lo que yo no había podido, aquello a lo que no me había atrevido.

El ataúd de Líton no brillaba. «Frente a la muerte de los hombres, la propia y la de los que amamos, el corazón, latiendo y traidor, se conmueve, la mente se nubla y la mirada se entristece. Dios invita a la mansión eterna a quien quiere, cuando quiere y como quiere. Dios no nos consultó si podía llevarse a Líton, tan joven, con él, creador de nuestro cuerpo y nuestra alma, Señor absoluto del tiempo y la eternidad.» Pero a Líton no podían esperarlo de ninguna forma, en el cielo: no lo querían, como tampoco habían esperado a mi primo ni a tantos otros chicos. Rabia, rabia

rabia, me daba mucha rabia no encontrarla. No podía ser que no hubiera ido. Entonces el cura dijo que la muerte de Líton nos removía el corazón y la mente y la mirada, y que nosotros no podíamos decir nada cuando Dios se llevaba a alguien, porque es dueño del tiempo y del infinito. Y estuve de acuerdo, pensé que Líton se había ido porque tenía que irse, y que lo demás no importaba, ni el qué ni el cómo, ni los pecados ni los errores. Dios se lleva primero a sus preferidos, pensé. El cura dio por acabada la ceremonia, dejó reposar la mano encima de la caja de madera y dijo amén. Y todos amén. La gente se levantó y se puso en fila para comulgar, y fue entonces cuando vi a la chica que se escabullía, la chica que se evaporaba como si fuera humo y nosotros fuego, buscando deprisa la salida. Con la mirada, tracé el camino que abría entre la gente

140

para llegar a la portada. La entendía: a mí también me habría gustado desaparecer, a mí también me habría gustado ser un animal inexpresivo, saber que aquel último momento no era importante, porque la importancia estaba en los últimos años, los últimos meses, los últimos días: la vida compartida con Líton. Pero yo no podía decir lo mismo. Yo tenía que concentrar lo que no había hecho en aquellos minutos. Hacer de madre, aunque fuera en el último momento. Existir. Pero no pude

no pude verla de cara cuando Rita se escapó veloz entre la multitud. No me había dado cuenta y todo el mundo se había levantado ya para ir a buscar la hostia, y Rita, más lista que el hambre, pensé, tan viva como siempre, con aquel nervio que le había descubierto el primer día, aprovechó para camuflarse entre la gente. El murmullo se encendió, el eco resonó en la cúpula pequeña y fresca. La quietud rota por los pasos y los bancos al rozar el suelo rugoso. Las viejas de la Colonia murmurándose cosas al oído, de luto, tratando de descubrir lo que querían saber. Curiosos paseando entre las columnas. Amigos saludándose en voz baja. Me fui intentando que nadie me reconociera

IGUAL QUE LOS DIOSES

Es una noche inmensa. Líton y Rita caminan por la ciudad como si millones de años de evolución no hubieran existido antes que ellos. Es el mejor de los tiempos, es el peor de los tiempos. En la ciudad, se hace de noche más tarde: están las farolas, la luz de las tiendas, está también el reflejo de ellos dos en los escaparates. Intermitentemente, Líton y Rita aparecen y desaparecen reflejados en los cristales de los bajos. En la ciudad, se hace de día más temprano. La noche es fugaz. Pero la noche es inmensa. Como si millones de años de evolución no hubieran existido, como si no se hubieran recombinado átomos y células en simbiosis azarosas, como si la sustancia no se hubiera convertido, un día cualquiera, en palabra, Líton y Rita cruzan un puente. No hay río. Podrían cogerse de la mano, pero no lo hacen. No cogerse de la mano es una forma de quererse. Han salido de casa después de un día largo, Rita ha estado leyendo sentada en el sofá toda la tarde, Líton le había pedido que intentara entender por qué aquel libro gustaba tanto, qué era lo que tenía. Ahora Rita le explica, mientras cruzan el puente —no hay río—, que la clave de los libros buenos es que saben recoger los hechos sin narrarlos, que no hace falta que cuenten gran cosa, si son buenos, pero que decir una verdad sin decirla es muy difícil: los gestos, la forma de mirarse, los pensamientos repentinos, la atmósfera de los sitios. Desde que están en la ciudad, Rita no trabaja. Líton le dijo que no se preocupara, que durante un tiempo él podía pagar el alquiler, y entonces Rita aceptó dejar la Colonia e irse a vivir con él. Por la mañana, recorre barrios y se presenta en tiendas de ropa y en talleres de confección, entrega el currículum e intenta hablar como se habla en la ciudad. Como hablaría ella si hubiera nacido y crecido aquí. Líton la espera en casa, cuando vuelve. Muchas veces ha preparado la comida, ha puesto la mesa y, desde el balcón, la ha visto cruzar la calle y abrir el portal. También muchas veces comen en silencio. Existe el silencio de cuando uno se siente exiliado de su mundo imaginario y, después, existe el silencio de cuando uno tiene la eternidad delante y ningún miedo de equivocarse. Es el segundo silencio, el suyo. Ahora no callan. La noche es inmensa y el silencio, imposible. Hablan de libros, de películas, hablan de las tardes que compartieron en el pueblo, juntos, y se ríen de cómo secretamente los dos tenían ganas de huir, pero no se lo decían, y el día en que se lo dijeron fue como si cruzaran una puerta abierta desde hacía mucho tiempo.

En la ciudad hay gente. Desde el puente ven las terrazas llenas de personas que hablan, como ellos. La noche se ilumina con las palabras de los jóvenes, piensa Rita, y siente lo que siente siempre que anda de noche por las calles de la ciudad, lejos de la Colonia y de aquel ruido de vacío que había justo después de cenar, como si la nada se hubiera metido en los tímpanos. Tanta quietud que se oía el corazón. El crujir de los huesos. Todo el mundo en casa y nadie fuera y el peso del mundo encima de ella.

Como si millones de años de evolución no hubieran existido, como si antes que ellos tantísimas personas no hubieran cruzado ese puente como quien cruza un abismo, Líton y Rita llegan al bar en el que han quedado. Hay otros amigos. En la ciudad, nadie es de la ciudad: el que no es de un valle es de otro, y el que no, es de la otra punta del país. Es una de las cosas buenas de ese lugar, que todo el mundo intenta desesperadamente sentirse en casa. Los sábados suelen quedar aquí y deciden por dónde van a salir esa noche. Ya lo hacía Líton antes de conocer a Rita y ahora lo hacen juntos. Sus amigos enseguida la han acogido, le han contado sus códigos secretos, cómo se las arreglan para entenderse, enumeran los recuerdos más importantes que todavía los mantienen juntos. No hay historia sin recuerdos a los que agarrarse. Rita ríe cuando tiene que reír, lo sabe, finge que ha vivido las anécdotas que cuentan y que ha visto los sitios que describen. Se esfuerza tanto que llega a pensar que su pasado se trenza con ellos, que todos los años de la Colonia han sido años a su lado y que hacerse daño y fingir amor de verdad son cosas muy parecidas.

Necesita mirar a Líton de vez en cuando, necesita que él la mire, cruzar la mirada un momento y que le sonría como diciéndole estoy aquí, y después puede seguir descansada, más tranquila, escuchándolos hablar de la música que les gusta, intercambiar casetes y apuntar nombres de grupos, de canciones, discutir cuál es la mejor. Y alguien pide otra ronda, el cielo puede oscurecerse más, Rita responde para mí no, ya está bien, pero le dicen venga, que es sábado y después salimos. Sin darse cuenta se ve con otra copa en la mano y cuando se la acaba ya no necesita la sonrisa de Líton, ya no le importa cruzar la mirada con cualquiera de sus amigos, ahora solo se trata de descansar

145

y de fingir que el pasado no existe, pero también es cierto que el pasado vuelve inesperadamente, que el deseo es virulento, desordenado. Y en momentos así, cuando el miedo desaparece y descansa la amenaza, a veces llega una punzada de Fèlix, de aquel amor antiguo; a veces es una imagen de la Colonia o el olor de la tarde en el invernadero con Líton; a veces, incluso, se trata de una mirada de Lena, de un gesto, y en momentos así piensa que una siempre regresa al lugar del que ha salido. Hay días en los que las palabras lejanas se apoderan de Rita. Como hoy.

Cenan. En la ciudad, se cena fuera. Rita tiene la sensación de traicionar su pasado, cuando cocinaba para la familia, porque comían en silencio –era el primero de los silencios, el que la expulsaba de su mundo imaginario– y después cada uno volvía a lo que estaba haciendo antes. Le cuesta gastar dinero en salir, le cuesta hacerlo con gente a la que todavía no puede llamar amiga, le cuesta hacerlo solo para probar si esta ciudad es el lugar en el que tiene que estar. Lucha por reír como los demás y, de repente, oye su nombre, levanta la vista, busca los ojos que le han hablado, responde ¿qué decías? y todo el mundo ríe. Se ha perdido algo. Fuerza la risa y vuelve a la conversación, olvida el pensamiento que la retenía y asiente. Contesta. Bebe. Líton se levanta y arrastra la silla a su lado, le pasa el brazo por el hombro. Se miran.

Después de cenar, se mueven todos juntos hacia otro bar, se sientan dentro, en una sala oscura, con bombillas amarillas que iluminan el lugar. Líton se esconde entre las sombras: a Rita, así, su cuerpo le recuerda el de sus hermanos y, entonces, tiene que cerrar los ojos. Cierra los ojos. Esta mañana, al salir de casa, cuando despuntaba el día, se ha encontrado en el buzón otra carta de su madre. Se la ha metido en el bolsillo y ha salido del portal hacia un nuevo día que, al final, ha sido igual que el anterior. Ahora, en la oscuridad de este lugar, con las bombillas que resplandecen como si fuera una noche despejada, acaricia el sobre. Abre los ojos.

La música empieza a subir de volumen. Las voces empiezan a subir de volumen. No les hace falta acabar las frases, cuando hablan, porque saben adónde quieren llegar los demás. La felicidad no siempre es una cosa que crece, piensa Rita, también hay una emoción que nos sobrepasa cuando las cosas felices se caen. Y ahora es como que los cuerpos se caen, entre sí, el volumen sube aún más, las luces amarillas buscan la oscuridad, cada vez más tenues, y los cuerpos se tocan. Es el temblor de la música por dentro, el impulso traducido a los músculos, el ánimo de un grupo de amigos que celebra encontrarse. El tiempo no se detiene, el tiempo corre más veloz que la música y las palabras, más vivo que un pensamiento que quiere escaparse y tomar conciencia de lo que están haciendo: es imposible.

Se van porque los echan. Alguien, no se sabe quién, guía al grupo hacia la discoteca. Han brindado, antes de salir, y han pedido una última canción. Huele a ciudad y a noche cerrada. Rita le había dicho a Líton que hoy volvería a casa temprano, que quería descansar y mañana seguir buscando trabajo, pero parece que la noche se le ha acostado encima, se ha dejado llevar y no quería. Y ahora que ve a Líton por delante, andando con los demás chicos a saber adónde, es como si todo le señalara que equivocarse es tan importante como acertar, porque una lleva muchos años haciendo las cosas bien, piensa, tal y como toca, desde que tiene uso de razón, y tampoco es que le haya servido de mucho, no es que le haya abierto ninguna puerta, y quizá lo que hay que hacer es equivocarse, equivocarse un poco, quizá sea la única forma de que se despliegue otro mundo implacable ante ella. El mundo que se abre a la ciudad, el mundo que se cierra dentro del cuerpo. Ve caminar a Líton con los demás chicos, dirigiéndose hacia la fiesta como trabajadores de su desco, y recuerda que lo que la llevó hacia él, también lo que los separó durante un tiempo y los reunió más tarde, fue la diferencia, ese amor por lo que era único en él, por la parte de sí misma que Rita deseaba y que solo Líton poseía.

Llegan a una zona medio dormida de un barrio alejado. En la ciudad hay barrios y distritos y periferias. Hay sitios que quedan lejos, sitios a los que todavía no ha llegado nadie. Ahora callan. El grupo de jóvenes avanza atento a la luz de las farolas cálidas que suturan la acera. La noche es inmensa. Abren la puerta de un local sin nombre, bajan la escalera y vuelve la música. Una luz púrpura baña los rostros, que parecen diabólicos, felices, entre el deseo y el cansancio. Líton desaparece. En mitad de los cuerpos, perdido entre las espaldas de otros chicos, Líton desaparece y Rita lo persigue con la mirada, lo ve alejarse y fundirse como se borra el rastro de un cometa en el azul del cielo. Los ojos de los jóvenes buscan, miran por todas partes como si hubiera algo que quisiera ser revelado. Hay, aquí también, ángulos muertos, rincones a los que nadie ha llegado todavía. Los demás chicos se han perdido y se han fusionado con el desorden. Rita espera a Líton en taburetes, rincones oscuros, hablando con desconocidos. Lo encuentra y lo pierde en la oscuridad, bañado por los neones de la discoteca. Disimula el acento de pueblo. Esconde las manos gastadas en los bolsillos. Se reconoce la herida. Lenta como el mundo, Rita espera.

Sin embargo, en un momento imprevisto alguien la coge del brazo, Rita se vuelve desconcertada, se encuentra a Líton delante, su mano la agarra del bíceps y la arrastra al centro de la pista, suena la canción que tanto le gusta, se han deslizado entre la gente y se han puesto a bailar bajo esos flashes de luz intermitente, la cara de Líton, la cara de Rita, salpicaduras de negro y salpicaduras de blanco como retazos de noche y de día sobre ellos, la noche y el día, el principio y el final, Rita delante de él en un fotograma discontinuo, su cuerpo moviéndose cincelado como si un relámpago lo agrietara, ahora lejos y ahora cerca, y toda la verdad del tiempo contenida en el rostro de Líton, delante de ella como en un aliento helado, las chispas de blancura y los suspiros, el cansancio y el sudor, el amor, la vida de pronto a trozos, el tiempo detenido, centelleando con la luz que se enciende y se apaga.

Y ahora Líton sonríe como diciendo que ya vale, Rita lo entiende y así, con solo mirarse, deciden volver a casa. A menudo, lo mejor de la noche es que se acaba y lo mejor del día es que empieza, pero hay noches que no se acaban nunca, hay noches que son para siempre. El cielo es amarillo y naranja y rojo y rosa al mismo tiempo. Es como el tono del que se teñía con los incendios, pero sin el olor metálico ni el escozor en la garganta. Rita mira las nubes: el mundo cambia de color. Deshacen el camino a casa, el calor del primer sol y la sal del sudor en la piel, los ojos cansados, rojos del humo, llorosos. Y ahora es el silencio de una ciudad de madrugada, un silencio feroz y despiadado que anuncia el final de la noche, como el silencio que desde hace un tiempo han tenido que soportar Rita y Líton, con la certeza de que un desenlace se aproxima veloz.

Como si millones de años de evolución no hubieran existido, como si los meses no contaran y nadie los hubiera avisado de cuándo tendrán que empezar a correr, Líton y Rita llegan a casa. Ella saca el sobre del bolsillo, la carta de su madre, la mete en un cajón en el que hay otros sobres sin abrir. Líton se ha tumbado en la cama y no se ha cambiado. Rita le baja la persiana, se pone el pijama, se tumba a su lado. Mira el póster del concierto al que fueron juntos hace mucho tiempo y que ahora cubre una larga grieta de la habitación. Piensa en cómo han amueblado el piso, cómo se lo han hecho suyo, cómo han entrado a vivir en él huyendo cada uno de lo que huía. Abrazada a Líton, Rita se duerme.

En lo alto del edificio, en un punto anónimo de una ciudad enorme, en su piso, que es una cima como lo era la Colonia, los dos sueñan esperanzados con una luz que despunta en la lejanía: es otro día que acaba de empezar.

ABANDONAR UN CUERPO

Empieza por lo que ve. Esta habitación es una casa, desde hace tiempo. Estas paredes. Este retablo, encima de él, como un deseo, una esperanza que ha surgido de un lugar antiguo, desconocido. Rita lo acompaña, a su lado. Le coge la mano con la que él no coge, no tiene fuerzas para hacerlo. Sabe que lo reconoce detrás de la delgadez tan concreta que indica lo que lleva dentro. Rita lo mira a los ojos, como si lo entendiera.

Se imagina que se despide de los que ya se han marchado o se marcharán después que él, es como si hubieran aprendido a morir juntos, todas las semanas, cada uno en su habitación, algunos más solos que otros, pero él siempre con Rita a su lado, acompañándolo como se acompaña a los niños frágiles, y la mira, a Rita, mi Rita, piensa, con los ojos cansados pero brillantes todavía.

Le escuece el herpes del labio, casi en carne viva, elimina los dolores de dentro —no quiere dejar la mente desordenada—, no perdona ni olvida porque no recuerda, tampoco piensa en momentos antiguos, solo en el esfuerzo de respirar, ahora, de respirar otra vez, otro minuto, y otro más. Intenta hablar, el cuerpo calla, Rita le pregunta cómo está y contesta con monosílabos. La voz lo agota. La voz se agota.

Desconoce cómo llevarse las cosas que lo rodean o qué tiene que hacer para despedirse, aunque su mundo sea una habitación, una cama, cuatro paredes. Una persona. Mira los tubos de drenaje pleural, piensa en el cuerpo que queda bajo las sábanas, las bolsas y los cables. Se pregunta si todavía queda algo de aquel cuerpo. Se nota el aire entre los pulmones y las costillas, los bronquios diminutos, encogidos bajo el peso de los músculos y el esfuerzo que hacen para respirar, para rebelarse.

Ahora sí que llega un recuerdo, o un pensamiento, no lo sabe, no sabe si ha existido o es una invención, como un invernadero lleno de verde en mitad de la arena, y el recuerdo, o el pensamiento, es para su madre: ha venido a verlo. Ha venido y lo ha llamado hijo, Rita se ha levantado nada más verla. Líton la ha mirado, a Rita, y se ha sentado, ha entendido que le decía adelante y, entonces, su madre lo ha llamado hijo. Se ha ido, el recuerdo o el pensamiento. No sabe si ha visto a su madre de verdad, no quiere preguntárselo a Rita, tampoco puede, y se dice que sí, que ha venido y lo ha llamado hijo. Que ha venido, lo ha mirado y lo ha llamado hijo.

No sabe por dónde seguir, de tan cansado se siente ligero, de tan cansado se siente pesado, el corazón le late en los ojos y se hunde en el colchón. Es la mitad, un tercio de lo que fue, pero se hunde y se confunde con las sábanas. El corazón le late en el pecho, entre los pulmones.

Nota el corazón entre los pulmones. Se mira los brazos, con los moratones de las vías que buscaban las venas. Han decidido no darle más suero: el líquido transparente que corre por los tubos de plástico es morfina. El corazón le late en el corazón.

Sigue un ruido que viene de la puerta, se encuentra con una monja que lo mira desde el cristal con ternura, cruzan los ojos y se va, sabe que le ha dicho adiós, él se lo ha dicho a ella, lo ha pensado por dentro. Vuelve la vista a las manos, sus manos manchadas, las manchas negras que escalan los brazos y se extienden por el pecho. Mira a Rita, los años no la han cambiado, sabe que los años han pasado porque se lo indica el rostro cuando se ve reflejado en la ventana, los ojos, que ya no son de aquel azul cielo. Se llama a sí mismo Líton y el nombre le resulta extraño, como si nunca hubiera sido suyo del todo. Mira a Rita: quiere marcharse con las cosas que hacen una vida de verdad.

Quiere pensar que lo esperan en alguna parte, pero no sabe dónde, y tienen que ser las palabras de su madre las que lo llevan hasta ahí, la fe de su madre, el último adiós mirando al cielo, antes de salir de la habitación, en lugar de mirarlo a él. Entonces sabe que ha venido, sí, que era ella la que lo visitaba, y sabe que Rita debe de haber pedido que la avisaran, que alguien la llamara para que fuera a despedirse. Él, que quería morir lo más lejos posible de la mirada de sus padres.

Ahora ya no hay ningún pensamiento, ninguna idea, ninguna palabra, no hay nada en la cabeza, no hay nada en los ojos, no hay nada delante ni nada detrás.

Dice algunas palabras, recuerda unos nombres en voz alta, murmurando: el de Rita, el suyo, el de René. Cierra los ojos. Una respiración fuerte, un latido desde el pulmón, entre las costillas frágiles: lo escucha como si no saliera de su cuerpo. Ha cerrado los ojos y respira. Es un ruido como de engullida, como de aliento fuerte, como de una bocanada de sangre que baja por el esófago.

PERROS DE CAZA

Delante del lago. Decían que estaba enfermo porque un montón de ramas lo rasgaban por dentro. Como alfileres, justo como ramas de árboles enterrados por el agua. Extendieron una sábana vieja en el suelo, Rita había dicho que les serviría de mantel, Fèlix plantó una neverita de plástico, desgastada, y la botella de vino que habían abierto la noche anterior. La botella sudaba y se calentaba con aquel calor de media tarde, del sol que cae y asa el suelo, del sol que cae y gratina el lago, del sol que cae y las ramas malditas aquellas, las ramas hiriendo el agua, estiran una sombra que hace de telaraña.

El relato podría ser elegíaco: dos jóvenes que tratan de vivir con plenitud lo que es una derrota, dos jóvenes que esquivan el aire premonitorio poco antes de descubrir el disfraz del deseo. Pero el dolor viene de ella, que iba señalando todas las ramas y decía ¡mira, son antenas!, y reían porque su manera de estar juntos todavía les hacía un poco de gracia. Lo sabían. Y quizá reían para no decirse que ya se encontraban en el momento en el que la esperanza no estaba en lo que podía llegar, sino en lo que había sido algún día. Los dos cuerpos se esbozaban delante del agua. Rayos de luz se extendían por el lago y trazaban dibujos de cobre en la superficie. De lejos, se confundían los perfiles afilados de Rita y Fèlix con las ramas raquíticas que salían del líquido. Entonces ya quedaban lejos las noches inacabables que podían durar días, la necesidad de descifrar los miedos y seducir a las dudas, las fantasías de las cosas que tenían que llegar después, siempre más tarde. Pero el después había llegado de repente, sin avisar, y no habrían sabido indicar en qué rincón sombrío habían quedado las tardes maratonianas de sexo, ni las mañanas en la cama recriminándoles a sus padres todo lo que les habían prohibido.

También quedaban lejos, ahora que tumbarse delante de un lago, tomarse un aperitivo y callarse era la única forma de romper la rutina, quedaban lejos los momentos en los que, cuando uno se desnudaba al lado del otro, sentía que descubría en el cuerpo que se le presentaba delante un pedacito desconocido de sí mismo.

Solo tenían el lago herido. La extensión de agua, el silencio roto por los gorjeos de palomas con hambre, la arena gruesa que les rebozaba los pies. Las sábanas viejas, con manchas imborrables de una cena antigua. Los vasos de cristal que hacían de copas. La luz naranja que lo cubría todo, como si un frasco de brillantes se hubiera volcado encima de una maqueta. La fragilidad de la escena era esa, de maqueta protegida por una vitrina: habrían servido perfectamente, allí tumbados –inaccesibles, aislados–, para explicarles a los niños del futuro en qué se había convertido la vida hasta entonces conocida. Aquella agua vieja. Aquellos árboles muertos. Aquella pareja quieta. Era como si, muy despacio, hubieran ido buscando los paisajes que podían acompañar el débil vínculo que los unía: el lago en el que podrían dejarse hundir, si se entregaban.

156

Delante de las ramas afiladas y los troncos que cruzaban el agua, Rita y Fèlix se cogían de la mano como dos desconocidos. El reflejo en la orilla les devolvía una imagen deformada: en el agua agitada por el viento, parecía que las dos manos se dejasen ir, como si nunca se hubieran tocado, y su rostro se difuminaba con las ondas suaves. Lo sabían y solo les faltaba el último gesto, el más difícil de hacer, el último gesto para aceptar que estaban juntos, aunque, en realidad, estaban solos. O atreverse a reconocer el desánimo que se abre después del amor, como si hubiese estado esperándolos escondido todo ese tiempo. También las horas, castigándolos. También descubrir que otra vez tenían miedo, que había reaparecido de repente, indicando que lo que los unía se había agotado.

Eso Rita lo había pensado a menudo, pero era la primera vez que lo sentía, y de pensar una cosa a sentirla hay el mismo trayecto descarnado que se abre entre querer una cosa y tenerla. Fèlix, en cambio, lo había sentido varias veces: el interés por el cuerpo que lo acompañaba había ido fundiéndose de forma irreparable. Trataba de repetirse que estaba enamorado, pero la ternura que cargan los buenos principios había desaparecido, e imaginarse para siempre al lado de Rita le resultaba agotador. Hacer algo le parecía aún más difícil: su fuerza se encontraba en la soledad. Y en la parálisis.

Seguramente por ese motivo había decidido ofrecerse de nuevo como voluntario en el Servicio. Para abrazar la soledad. Y la parálisis, pensaba Rita, para aceptar la parálisis de encomendarte siempre a un designio superior que te lo justifique todo. Quizá podría preguntarle por las rutinas, las formaciones, qué esperas de tu regreso al cuartel. Así romperían el silencio delante del lago envenenado y las palabras llenarían el vacío que entonces todavía no había aprendido a soportar. Ahora mismo no podríamos estar más lejos, pensó Rita.

Fèlix le soltó la mano, se deshizo de ella con un gesto rápido, como si la hubiera oído, se llenó el vaso de vino y se lo bebió, de un trago, mirando el horizonte. Rita no pudo evitar controlarlo de reojo y preguntarse por todo lo que había vivido mientras ella no estaba. Pero estaba enamorada, se repetía, estoy enamorada, lo estoy, o quería estarlo. Si lo pensaba, sabía que siempre que le había dicho te quiero, en las últimas semanas, no se lo había dicho a él, sino a la promesa que se habían hecho un día de estar juntos, al miedo a quedarse sola, a la tranquilidad de saber que al lado de Fèlix ya no pasaría. Pero hace falta una multitud para curar un corazón herido, y esa multitud no estaba, por eso Rita insistía en repetirle un te quiero crudo y distante siempre que no sabían qué decirse. No quería pensar cómo habrían sido las cosas en un mundo paralelo, cuál era la vida que no había vivido. Daba igual, esa vida no existía, como tampoco existía una Rita valiente capaz de decir que no: solo existían las aguas tranquilas del lago, Fèlix y ella, mudos, y unas ganas feroces de agitar las aguas, de romper aquella calma con un llanto que resonara por todos los valles, con una pedrada que hiciera nacer ondas en el charco de agua y derribase de golpe el cielo sobre ellos.

Nada de eso. Descansaban en la entrada que abría una playa tímida cuando se acababa la hierba seca y dorada. Rita se tumbó, apoyó la cabeza en el regazo de Fèlix y levantó la vista hacia las nubes. Él empezó a acariciarle el pelo, le peinaba los rizos y se los retorcía entre los dedos, mientras con la otra mano se apoyaba en el suelo. Hacía años que no había lagos, que las sequías habían desnudado los suelos agrietados de las cuencas en las que, tiempo

atrás, había habido agua. En algunas brechas resquebraja-
das habían vertido agua reutilizada para reconstruir el recuerdo y simular un paisaje que no existía: en verano, la
gente iba hasta allí a revivir la luz del sol sobre el agua, el
ondeo de la superficie con el viento, algunas palomas feas
y envejecidas que se remojaban las alas, el murmullo suave
del viento que despeinaba a las familias que se paseaban.
Ningún baño, claro, en el agua podrida. Ningún deseo de
acercarse, tampoco.

Pero ellos se habían acercado con la sábana que hacía
de mantel, habían llenado los vasos de vino varias veces y
se habían olvidado de que se encontraban delante de un
sitio que no existía. Ella, señalando el agua: si te bañas, te
visitaré en el Servicio. Él: si fuera cierto, me bañaría, ¡y lo
sabes! Se rieron. Algunos árboles de semilla estéril habían
logrado arraigar en el suelo agrietado y, con el agua reci-
clada que llenaba de nuevo el cráter, se habían podrido
hasta morir. Como una membrana sobre el agua, flotaba
una película de verdor que se unía y se desunía, mientras
algunos plásticos dibujaban islotes flotantes en los que las
palomas detenían el vuelo.

Se rieron. Sonrisas cansadas que se agotaban. Incluso
en los momentos de felicidad, a Rita se le anudaba la culpa en la boca del estómago y se preguntaba si lo que les
había pasado era porque no habían sabido cambiar la forma de quererse en un mundo que no dejaba de cambiar.
Se repetían secretos, se decían cosas insignificantes, insis-
tían en escenas del pasado que habían vivido hacía mucho
tiempo, pero lo que de verdad se estaban diciendo, al
oído, tan bajito que casi ni se les oía, era un grito desesperado de huida, con el deseo de que alguien los oyera y los
rescatara. Con la cabeza en los muslos de Fèlix, Rita notaba una especie de bloque de hielo que se deshacía. Él insis-

tía: se trata de la disciplina y del conocimiento del orden, de saberse junto con las demás cosas del mundo. Rita se arrepintió de haberle preguntado nada. Desde debajo, miraba cómo se abría y se cerraba la boca de Fèlix, el movimiento de la mano derecha siguiendo la argumentación, las venas de la mano y la arteria del cuello hinchándose. También el mundo callado de repente. Volvió la mirada hacia el lago y cerró los ojos. Solo quedaron el latido de él, desde la pierna, y el suyo, que se lo notaba en el cuello, confundiéndose con ritmos discordantes. Cerró los puños, abrió los ojos y el lago, allí delante.

Acabar es un lujo, pensó Rita, la condena es seguir. Sabía que aquello era un espectáculo que ensayaban con personajes definidos con precisión: él, que guiaba las palabras; ella, que se aferraba a lo que no estaba. Descubría que el miedo no había llegado con el desenlace, que siempre había estado allí, acompañándola: el miedo a que el amor se acabara, el miedo a quedarse sola otra vez, el miedo cuando el amor entra por la ventana a escondidas, como si fuera a hacer daño. Con Fèlix se sentía como si una araña le tejiera la tela en el cerebro. Con una destreza envidiable, un movimiento delicado, la sacudía como si le salieran de las manos unos hilos invisibles que se le ataran en el corazón. En el de Rita. Así, con el tiempo, había entendido que amar no era un sentimiento, sino un intercambio con la historia –la de ella, la de él, trenzadas–, con fantasmas, deseos mudos, palabras que volvían para recordarle deudas pendientes. Qué difícil olvidar a la persona que has amado, pensó Rita, ese momento se te queda tatuado como una marca de fuego que los demás ven.

El latido de los corazones seguía allí, a ritmos diferentes. Y Fèlix hablando, meneando la mano, mirando el agua. Eso sí que los unía: mover la vista hacia otro sitio cuando no podían sostenerse la mirada, volver la mirada. Rita, vuélvela. Y él: entiendes lo que te quiero decir, ¿no? Y ella: claro. Lo que Rita no esperaba era el desinterés por ella que le entró a Fèlix de un día para otro. Ella se acostumbró a callar, a acompañarlo sin abrir la boca, a balancear la cabeza para afirmar sus discursos apasionados. Se encogía lentamente sin darse cuenta, con miedo a dañar la continuidad del cielo. Llegó a creerse que el silencio era su estado natural. Suerte de Líton, pensaba demasiado a menudo. Y después se arrepentía de sentir eso, porque sospechaba que, al pensarlo así, lo concebía como si fuera un recurso que estaría allí para siempre. Solo hacía un par de semanas que se habían reencontrado, que Rita, disimulando la urgencia, como si no hiciera mucho tiempo que no sabían nada el uno del otro, había bajado al pueblo y le había propuesto que se escaparan a la ciudad juntos una tarde. Medio por deseo. Medio por necesidad.

Miró los ojos de Fèlix, oscuros como los suyos, e intentó verse reflejada, como si a través de su mirada pudiera encontrar algún detalle de sí misma que no había descubierto. Pensó en los ojos apagados de Líton, en sus brazos delgados, el día que se habían visto de nuevo, en las piernas flacas, en la mirada febril y en el gris pálido de la piel. También en el viento abrasador que les azotaba la cara, en una calle del pueblo, cuando Líton le contestó que sus padres estaban en casa de unos amigos y que podían pasar el fin de semana juntos. Y pensó en cómo había sabido ver siempre en la sonrisa de Líton el lugar al que quería llegar.

Otra vez en el lago. Ahora ya sin agua. Rita se ha sentado delante del cráter y el viento se remueve como si persiguiera más viento. No está el reflejo sobre el oleaje, pero queda el sonido del aire que intenta escapar. Los meses de sequía se alargan y ningún indicio apunta a que, en algún momento, llegará la tímida temporada de huracanes que muchos años atrás había aparecido al empezar el otoño. Últimamente, solo han sido unas tormentas eléctricas que han calcinado más bosques secos. No hay ninguna rama que peine el río. Ningún ojo que busque otro. Del lago solo queda la cuenca. Los árboles secos extendidos encima, como un juego de mesa desordenado y viejo, cubierto de polvo. Árboles que ya no son árboles, que son madera muerta, o quizá sí que son árboles, piensa Rita, quizá sí que son todavía los árboles que eran, quizá sí que somos las cosas que hemos sido, se dice, quizá sí que un desierto es, antes que nada, el bosque que fue un día. Tampoco hay ninguna paloma. La luz azarosa de aquel atardecer con Fèlix es distinta: esta vez la claridad convierte el suelo en una brasa encendida. Y el olor a ceniza que llega de tan lejos. El olor a incendio, todavía.

Rita piensa a menudo en aquel día. La última cena con los padres de Fèlix, después de la tarde en el lago. Ella, al día siguiente, volvió a la Colonia. La sensación inexplicable de saber que era el final —y también la certeza de que antes lo había pensado muchas otras veces—. Las sonrisas sobre el mantel viejo, que eran sonrisas, pero ásperas. El espacio sideral entre los dos, piensa Rita, el espacio galáctico que los separaba. La emoción final de disponer libremente del propio cuerpo, la necesidad de tener a alguien a quien cuidar por encima de lo demás.

Ni volviendo al lago ha podido reproducir con exactitud el color del sol llameante sobre el agua —solo grietas, la brasa encendida— ni la claridad que se alargó todo el atardecer. No se arrepiente de haber dilatado tanto el final: sigue creyendo que acabar es un lujo. De Fèlix hace tiempo

que no sabe nada, solo algún rumor que dice que sigue todavía en el Servicio, alargando la salida. Es bastante fácil
de entender: Fèlix llegó, Fèlix se fue —los finales serán fie-
les a los principios, piensa.

Esta mañana han enterrado a Líton. Rita ha salido hacia el pueblo de madrugada, desde la ciudad. Ojalá hubiera sido un gesto de amor, el de su madre, de redención, de
reconocer que en aquel valle su hijo había sido feliz. Pero
Rita sabe que quería enterrarlo lo más deprisa posible, lejos de todo. La ha visto primero en el banco, inquieta.
Volvía la cabeza de un lado a otro, como si buscase a alguien. Ignoraba que la estaban mirando, que la gente estaba pendiente de la madre del joven que se había muerto
contagiando, como lo hacen las sucias y las hambrientas y
las masacradas, deshinchándose como un globo viejo.

Rita ha huido de la ceremonia con la despedida del
cura, antes de que la iglesia quedara vacía. Como presa de
un nervio antiguo, como añorando algo que todavía no ha
pasado, como recordando que la vida cansada también tiene belleza cuando una la soporta sola, Rita ha decidido subir a la Colonia, coger el coche viejo de su padre y dirigir-
se al segundo valle, al lago al que Fèlix la llevó esa última
tarde. A la vez, ha pensado, puedo hacerlo todo a la vez.
Antes de arrancar el coche, ha recorrido las habitaciones
vacías, ha observado el pueblo desde la ventana, ha lavado
el montón de platos sucios acumulado en la fregadero. Ha
intentado recordar cuánto tiempo hacía que no volvía y
ha sentido la extrañeza que uno siente al encontrarse, inesperadamente, con un mundo que había decidido abandonar, la mezcla de estar en casa y de encontrarse, a la vez,
en un universo lejano.

Rita apoya las manos en la hierba seca, dibuja círculos
con los pies en la arena gruesa. Mira el hoyo profundo

que deja el cráter vacío de agua, como si un meteorito hubiera chocado contra la tierra herida. Un meteorito imprevisible que habría cambiado el curso de la humanidad, de los pájaros y de los peces y de los reptiles y de los insectos que han habitado el mundo. Y, después, el silencio que no conoce porque es el sonido de la extinción, piensa, el silencio que nadie oye porque es el sonido de cuando ya no queda nada. Y ahora se oye el latido del corazón, que le sube por los brazos, le llega al cuello y finalmente a los labios, quemando. A las córneas, como un pajarito a punto de explotar. Como un bosque fosforescente cuando las hojas mueren, caen. Piensa en Líton, anoche, con las córneas encendidas, fosforescente antes de irse, de caer. Y se pregunta si alguien los recordará.

Apenas estamos empezando a vivir.

TOM SPANBAUER

ÍNDICE

Todas las vidas empiezan antes de nacer 9

Amor y pan 17

Velas y vientos 31

El retablo 47

Sueñan las serpientes con huevos de nácar 55

Abandonar un fuego 73

Mis noches se acabaron una mañana 77

Incendios 99

Secreto 117

Una alegría mansa 131

Igual que los dioses 143

Abandonar un cuerpo 151

Perros de caza 155